神様のファインダー

元米従軍カメラマンの遺産

[写真]ジョー・オダネル
[編著]坂井貴美子

Forest Books

はじめに

人との出会いというのは本当に不思議で、これこそ自分の力ではどうにもならないと感じざるを得ません。生まれてからこの時までさまざまな出会いがあり、それが今の私を形成していると言っても過言ではないでしょう。人は一人で生まれてきて、この世を去る時もまた一人です。しかし、この地球上で息をしている間は、人間は人との関わり合いを抜きにしては生きていくことができません。その出会いを左右しているのは、私たちのすべてを知っておられる神以外にないと私は思います。

私の夫であるジョー・オダネルは、一九四五年、アメリカ海兵隊の従軍カメラマンとして終戦直後の日本に派遣されました。そこで広島・長崎をはじめ各地を巡り、廃虚となった街々や日本の人々の暮らしぶりを撮影しました。基本的に公務で撮影された写真はすべて軍に回収されましたが、私用のカメラで個人的に撮影したものが手元に残され、それらの写真を用いて一九八九年から二〇〇七年に亡くなるまで、反戦・反核活動に従事していました。日本でも、彼の撮った「焼き場に立つ少年」の写真が教科書に掲載されるなどしましたので、ご存じの方もおられるかもしれません。

　私たちは一九九三年の年末に出会いました。クリスチャンである私は、当時、日本基督教団・若松栄町教会（福島県会津若松市）に所属していました。若松栄町教会は常々平和活動に力を入れており、多くの関連イベントを企画し、社会の人々とのつながりを大切にしていました。その活動の一環として、ジョーの写真展が開かれたのです。教会の信徒であった私の中にも自然と平和を強く望む気持ちが芽生えており、ジョーの撮った写真を通して、原爆投下後の悲惨な状況だけでなく、被害に遭った人々がどのような思いをもって立ち直ろうとしていたのかを学びました。それまで私が知っていた広島と長崎は教科書の中だけのもので、たまにテレビで特集などを組んでいるものを見たりはしましたが、被爆者の人々と私の間にはある程度の距離があったように思います。一九四五年の出来事というのは、はるかかなたのものであって、その悲惨さは頭では理解できるものの、実際にその痛みを共感するまでには至っていませんでした。それが、ジョーの写真展を間近で見、講演をこの耳で聞いたことによって、その当時の常識をはるかに超えた惨状に直面した人々、私たちとなんら変わりない一般の男性、女性、子ども、老人の心の叫びが聞こえたような、自分の現実とその人々の過去の人生が重なり合ったような、そんな衝撃を受けたのです。海兵隊のカメラマンとして、自国のために何の疑いもなく日本に上陸した一人の若者の心の軌跡は、聞く者の心に深く入り込み、戦争の無残さ、原爆の恐ろしさを改めて感じさせました。

そして、アメリカ人でありながら「原爆投下は間違いであった」と公言するジョーの言動に深い感動を覚え、国や住む場所は違っても、同じ目的に向かって進むことはできるのだという希望をもったことを覚えています。私には平和な未来を強く願う彼の姿勢は理解できましたし、戦争を知らない世代の私たちにも必ずできることはあるはずだ、との確信に似たものを心に抱きました。つまり、スタート地点から私たちは共に闘う同志であり、同じ方向を向いて歩き始めていたのです。彼との出会いによって、私の中にあった平和への歩みはますます大きな意味をもち、クリスチャンとして、また社会に属する一人の人間として何をすべきなのかが明確になったといっても過言ではありません。そのような二人の歩みですから、たまには道を外れそうになりながらも、同じゴールに向かって歩き続けることができたのではないでしょうか。

ジョーは、核戦争はホロコーストと同じほど罪深いものだとして、平和な未来のためには二度と起きてはならないと言い残して人生を終えました。愛する母国の人々に、過去に起きた出来事を伝え、よりよい未来を築いていける動力の一つとして、彼の写真展が用いられることが私の祈りでもあります。そしてそれは、神が強く望んでおられることであるとの確信をもって、これからの歩みを続けていくつもりです。彼が長崎原爆の日である八月九日に召されたということ、そのこと以上に明確な神の啓示があるでしょうか。

私は、年齢もことばも生活環境さえまったく違うジョー・オダネルという人間に巡り会ったのは、すべて神の采配であったと信じています。共に同じ目標に向かって歩んだ十四年間は、そこに神の助けが常に与えられていたからこそ、深いレベルでの魂のつながりが可能であり、すべてを乗り越えることができたのです。祝福にあふれた、恵まれた人生を与えてくださった神に、感謝ということばでは表せないほどの満たされた気持ちでいっぱいです。そして、その思いを胸に抱きながら、これからも前を見て、時には上を見上げながら、つたない歩みを続けていきたいとの思いを新たにしています。

目次

はじめに……2

第一章　一九四五年、広島・長崎へ……9

第二章　写真展への道のり……57

Photo Album 焼け跡の隣人……87

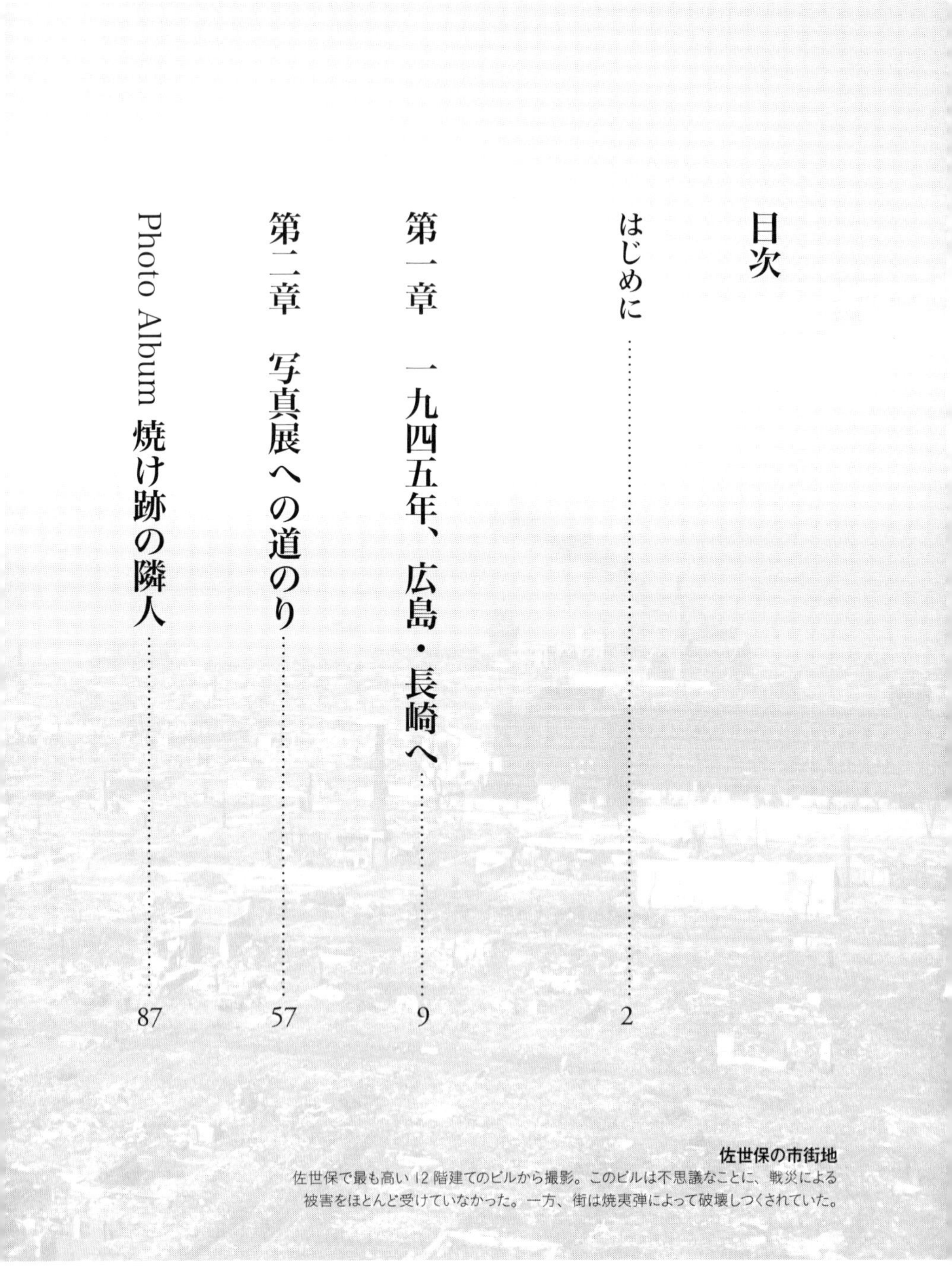

佐世保の市街地

佐世保で最も高い 12 階建てのビルから撮影。このビルは不思議議なことに、戦災による被害をほとんど受けていなかった。一方、街は焼夷弾によって破壊しつくされていた。

第三章　活動への圧力と新展開……109
第四章　夫婦として、同志として……145
第五章　別離、そして再会への希望……165
あとがき……188

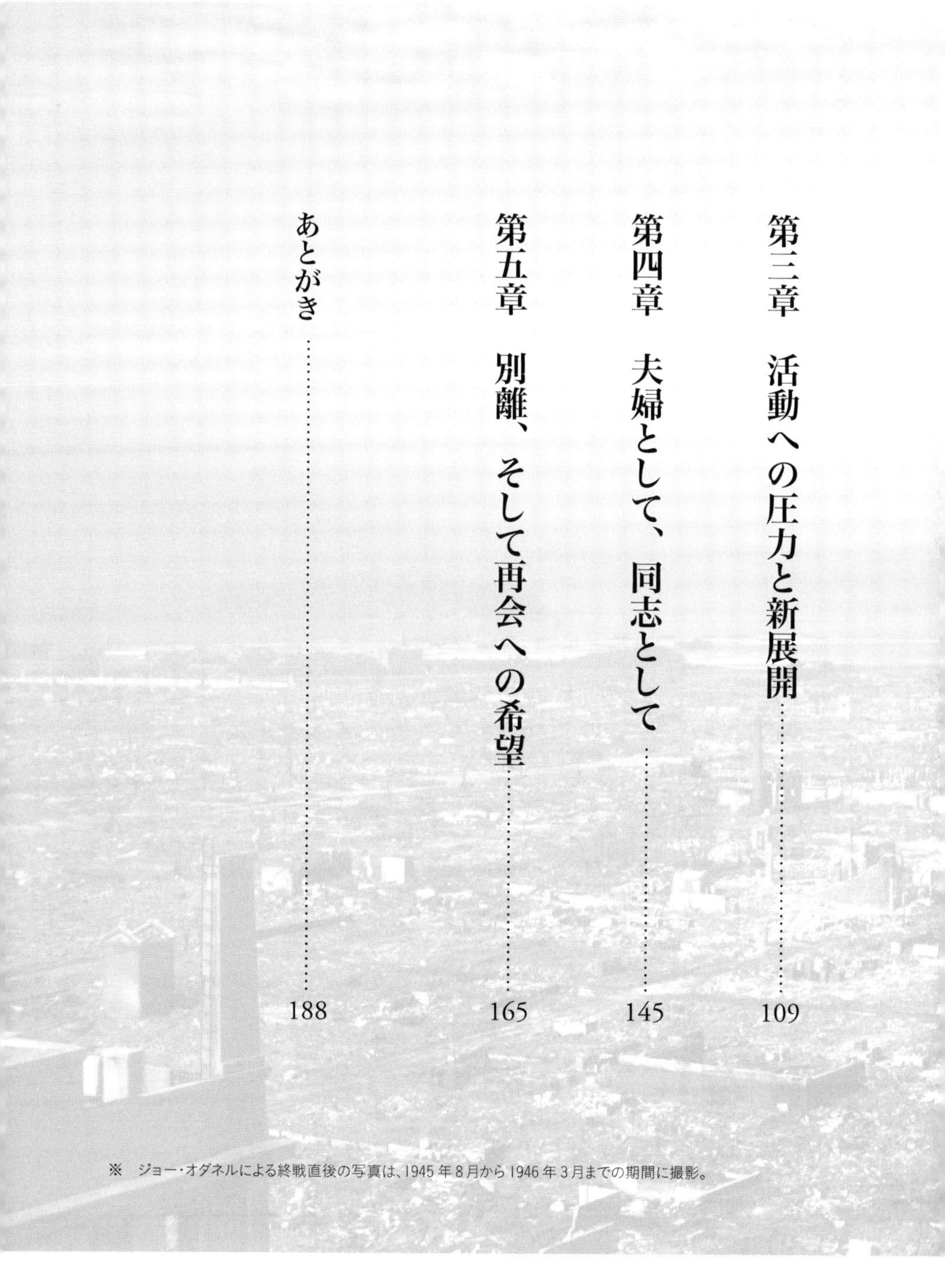

※　ジョー・オダネルによる終戦直後の写真は、1945年8月から1946年3月までの期間に撮影。

第一章

一九四五年、広島・長崎へ

ジョセフ・ロジャー・オダネルは一九二二年五月七日、米ペンシルベニア州ジョーンズタウンに生まれます。父は町の歯科医、母は学校の先生。四歳上の姉が一人。叔父三人が神父であるなど、敬虔なカトリックの一族で育ちました。オダネル家はジョーの祖父母の時代にアイルランドから移民しており、その頃のアイルランドは干ばつで作物ができず、ジャガイモだけを食する生活が続き、多くの人々がより豊かな生活を求めてアメリカに移ってきた時代でした。ヨーロッパ他国からの移住者も多く、アメリカ北東部はイギリス、イタリア、フランス、アイルランド人などが混ざり合って独自の文化が築き上げられていました。ジョーンズタウンもそのようなヨーロッパ系の影響を受けた炭鉱の町でした。人々は毎日地下で石炭を掘り、楽な生活とは言えませんでしたが、移民独特の粘り強さで日々を乗り切っていた時代だったようです。

アメリカの歴史書を読んだ人なら誰でも知っていることですが、ジョーンズタウンは一八八九年の夏に洪水の被害に遭い、二千人以上の人々が亡くなりました。そしてジョー自身も一九三六年の二度めの洪水を体験しており、それは最初の洪水と同じ規模の被害をもたらすものでした。ジョーによる人生の記録は、その洪水の出来事から始まります。

以下の「ジョー・オダネルによる回想」は、ジョーから折りに触れて聞いた話と資料によって、まとめたものです。

〈ジョー・オダネルによる回想〉

ジョーンズタウンの洪水

それは一九三六年三月十五日、ジョセフジョーンズ中学校の体育の授業の最中でした。先生がみんなに向かって「誰か川沿いに住んでいる者はいるか?」と尋ね、私は「はい」と答えました。すると先生は「すぐに家に帰りなさい。水かさが増してきている」と手を腰の高さまで示して、私に急ぐよう促しました。私はまだ十四歳にもなっておらず、戦争を経験する以前の人生で最悪の出来事に直面することになったのです。

全生徒に帰宅命令が出て、私は早足で歩き始めました。二ブロック、三ブロックと歩くごとに、水かさは増していきました。ジョーンズタウンは盆地で、サウスフォークダムに守られていました。一八八九年の洪水の際にこのダムが壊れ、そして一九三六年にまたも壊れたのです。私が家に近づいた時には、水かさが胸の高さまで増してきていました。そして私の姿を発見した父が、「急げ急げ」と呼んでいるではないですか。心の中で「これ以上どうやって急ぐんだ」と思いながらも、急激に増してくる水量に抵抗し、やっとの思いで家にたどり着きました。姉と父がポーチに立っており、父が「一刻も早く逃げ出さなければ。水が窓から入り込んで、発電機が爆発するぞ」と。そのことばに促されすぐに逃げようとしましたが、「父さん、ちょっと待って」と言い、急げという父の叫びを聞きながら私は家の中へ。私には大事にしていた水槽がありました。何年もかけて魚のコレクションをしていたのです。洪水なんかに大切な魚たちを飲み込まれてたまるもんか、との勢いで水槽に手をかけ、二十数匹の魚を小さなボールに移し替えました。必死で家の外に運ぶと、待っていた父が「何だそれ？」と言いました。「ぼくの魚。ここに残しておけないよ！」「魚は水の中に住んでいるんだ。死なないだろう」「嫌だ。連れて行くんだ」「ジョー、おまえ片手で泳げるのか？」　私は「大丈夫」と言ってはみたものの、この状態でどうやって逃げ切れるのかとの疑問が頭をもたげてきました。しかし子どもでしたから、自分にできないことはないとの傲《おご》りがあったんですね。肩にボールを乗せて泳ぎ始めました。もう水が首のあたりまで上がってきており、水流の強さに圧倒され、三月でしたからもう冷たいのなんのって。

やっとのことで私たち三人は四ブロック先の祖母の家にたどり着き、震えながら階段を上り始めました。家は十二段の階段の上にあり、この高台なら大丈夫だろうと思いましたが、そこにいたのもつかの間、水は容赦なく祖母の家をも飲み込み始めました。私たちは、父の指示に従ってまたもや避難ということに。祖母はほとんど目が見えず、父はどのようにしたら祖母を連れて行けるのかと不安な様子でした。私たちみんなが、不安でどうしていいかわからなくなっていたのです。「これからどうするの？」とすがる思いで聞く私に、

「とりあえずポーチに出よう」と父。そしてその直後、父の目に留まったのが、近所のハンダーソン洗濯屋のトラックでした。父は即座に「ハンダーソンさん、お願いがあります。私たちを高台の丘に連れて行ってくれませんか。母は目が見えないのです」と頼み、こうして私たちは無事に避難することができたのです。学校で働いていた母とも後に合流でき、私たち家族は難を逃れることができました。

それにしても、人間の心理ほど不思議なものはないと思います。高台に逃げる途中、私と父は橋が水の勢いで破壊され、流されるのを見ました。確かにこの目で見たのです。しかし後になって判明したことですが、この橋は壊れも流されもしなかったというのです。その時初めて、私は、妄想なるものを体験したのだと気づきました。人間は恐怖におびえ、その限度が頂点に達したとき、現実には起きていないことをさも起きているかのように捉えることがあるのだと。これは、戦時中にもたびたび経験したことです。恐怖心は人間の想像力に影響を与え、超現実的な現象をその人の中に作り出すことができるのだと。

父、母、姉、そして私の四人は丘の上にある病院で、水位が下がるのを待ちました。後にわかったことですが、今回は一八八九年の洪水よりひどいものではなく、それでも二十六人の命が奪われ、被害総額は四十億ドルに上ったそうです。

一週間ほどたって、「下に降りて被害の状況を見てくるが、一緒に来るか」と父に言われ、ついていきました。下り道は泥にまみれて、水が入り込んですべてが浮いてしまっていました。家に着いて中に入ると、何から何まで泥だらけですごい異臭を放っており、居間にあったはずのピアノは二階に通じる階段を塞ぐように倒れていて、私たちの力では動かすことができませんでした。そこをまたぐように二階に上がると、壁に浸水の跡がくっきりと残っていて、家全体の家具やカーペットはすべて使用不能の状態でした。父が、「もうここには住めない」とぽつりと言い、私たちは来た道を傷心しながら戻っていったのを覚えています。それでも、いつまでも病院にいるわけにもいかず、私たち家族は住める状態ではない家に戻るしかありませんでした。

ある日父に、「地下室に降りて、おまえの赤いワゴンを持ってきなさい」と言われました。私と父が薄汚れたワゴンを引きながら人目を避けるように通りを三ブロックほど歩いていくと、そこには洪水被災者用のテントが張ってありました。小麦粉、砂糖、パンなどが並んでいて、それをワゴンに積むと、「来た道を戻るぞ。誰にも見られないようにしなければ」と父は言いました。私が「お父さん、しょうがないよ。気にしないで」と言うと、「いや、私は歯医者だ。こんな落ちぶれた姿を見られたくない」と父。洪水の被災者となり、仕事の場を失い、家族を養うことができなくなったことを父はとても恥じていました。そしてその頃から酒に救いを求めるようになり、自暴自棄に陥っていきました。

父へのわだかまり

父と息子の関係を振り返って、どうしても忘れられない出来事が一つあります。私には小さい頃から確信のようなものがありました。でも信じたくなかったのです。それは、父にとって私は失望の種だということでした。十六歳のある日、それが明らかになったのです。居間で、父はラジオのすぐそばにあるロッキングチェアに座り、母と私はその向かい側に腰を下ろしていました。私はその場にいることが何だか嫌でした。父は、ルーズベルト大統領のスピーチがラジオから流れてくるのを待っており、その間私に「ジョー、おまえは大きくなったら何になりたいんだ？」と尋ねました。私は「お父さんのような歯医者になりたい」と答えました。その直後の父のことばは、今でも昨日のことのように私の胸に突き刺さっています。「歯医者になりたいだと？　学校のテストが赤点のおまえが？　数学と英語で赤点を取って、サマースクールに行かなきゃならないおまえが本気で歯医者になれると思っているのか？　他に何か考えはあるのか？」「わからないよ、でも手を使う仕事に就きたいんだ」。父は母に向かって皮肉っぽく大きな声で、「こりゃ驚いた！　ジョーは手を使った仕事に就きたいんだと。シャベルで穴でも掘るつもりか？」　私は恐る恐る小さな声で「違うよ」と言うのが精いっぱいでした。そしてラジオからルーズベルト大統領のスピーチが流れ出すと、父子の会話は途切れました。「大統領のスピーチなど見てみたいものだ。すばらしいんだろうな」と父は言いました。

▒ パール・ハーバー

ジョーンズタウンにあった、「コーナーストア」という店のことを覚えています。背の低いイタリア系移民のトニー・オビーニさんのお店でした。オビーニさんはとても忍耐強い人で、私やその友達、育ち盛りの悪ガキ四人が店にたむろしているのを長年見守ってくれていました。

　一九三六年のある日、ジョーンズタウン洪水の後のことでしたが、ルーズベルト大統領が町の被害状況の視察に訪れました。オビーニさんはオープンカーに乗って葉巻をくわえている大統領に向かって、「大統領、水はここまで上がってきました」と、店の外壁の二十二フィート（六・七メートル）あたりの印を指さしました。私はその瞬間をカメラに収めました。その時に持っていたカメラはコダックのボックスカメラ（箱形の初級カメラ。蛇腹のない簡単な構造）でした。十三歳の時に叔父からプレゼントされたもので、アメリカでは恐らく、庶民が初めて手に入れることができたコンパクトなカメラでした。三十五ミリフィルムカメラ[註1]などというのは、それまで聞いたこともなかったのです。コーナーストアを大統領が訪れたすばらしい一日でした。

オビーニさんには、ジョーという私と同じ年ぐらいの息子がいました。彼はちょくちょく店に出てきており、私たち仲間うちではありがたい存在でした。誕生日には、見たこともない小さなラジオをもらったと言って私たちに見せてくれ、彼はキャンディーカウンター[註2]の中、私と友達の三人は外側で、ラジオから流れる音楽に耳を傾けました。それほど音楽通でもない私たちはすぐにフットボールゲームにチャンネルを変え、みんな人が変わったように盛り上がりました。「誰がプレーしているんだ」「スコアは幾つだ」「ボリュームを上げろ、聞こえないよ」。ジョーが「これ以上ボリュームを上げたらラジオが燃えちゃうよ！」と言いましたが、私はその声を無視して音量を最大にしました。と、その時、ラジオの音が切れたのです。「だから言ったじゃないか！　壊れたんだ」。私たちは急に静かになり、ラジオをじっと見つめました。その数十秒後、アナウンサーの声が聞こえてきました。

「合衆国大統領の発表によると、大日本帝国がパール・ハーバーに陸、海、空から攻撃を仕掛けました」

仲間の中で初めに口を開いたのはケン・リースでした。「パール・ハーバーってどこだ？」私たちに、これから起こることなど想像できるはずもなかったのです。

数日後、私は海兵隊に入隊しようと心に決めました。日本がアメリカに対してしたことに強い怒りを抱いたからです。でも実際には、戦争がどんなものであるかまったく知らなかったのです。勇んで入隊を希望した私でしたが、それには「健康であること」という条件があり、私は歯の検査でブリッジがあるということで落ちてしまいました。あきらめきれなかった私は、ボルチモア（メリーランド州）では検査が緩く、比較的誰でも海兵隊員になることができると耳にし、そちらを受けて入隊が許されました。しかし銃を撃つのが下手だったため、高校時代にアルバイトで地方紙のカメラマンをしていたこともあり、「銃を構えるより写真を撮れ」と言われて軍の訓練施設で二年ほどカメラマンとしての訓練を受けました。私は一日も早く戦地に派遣されることを願っており、アイルランド系カトリックの信者である母が毎日息子の安全を願ってロザリオの祈りをささげていたのを、「早く戦争に加わりたいからやめてくれ」と言ったこともありました。

終戦直後の日本へ

訓練が終了し、私はサイパン島から軍艦に乗りました。行き先は告げられませんでしたが、みんなどこに行くか知っていました。原爆投下も日本の降伏も、すべて艦上で知りました。ニュースが入るたび、私たちは喜び合ったものです。しかし、広島・長崎に新兵器が投下されて何万人もの人々が死んだと聞いても、実感としては何もつかんでいなかった

船上でのミサ
日本に上陸する前日、特別なミサが開かれた。早朝にもかかわらず、甲板は信じられないほどの暑さだった。カトリックもプロテスタントも、一緒に上陸を祝った。

佐世保湾に浮かぶ日本軍の船
ジョーの初めての航空写真となった佐世保湾の日本軍船。その数にたじろぎ、「仮に米軍が侵略者として上陸したら、日本軍はどの程度持ちこたえただろうか」と感じたという。

のです。やがて、海兵隊が九州へ上陸するというので、私はその様子を記録するため、初めて日本に足を踏み入れることになりました。二十三歳の時でした。

長崎県佐世保の海岸に着いてすぐ、辺りを見回しました。日本人の姿はどこにもないようでしたが、いきなり藪《やぶ》の中から日本兵が現れ、ゆっくりと手を後ろに回して白旗を揚げたのです。そこで初めて、私は戦争が終わったことを実感しました。

占領軍テント村にて

佐世保に近い海岸の砂浜の上に、占領軍の司令部が置かれた。
たちまちテント村が築かれ、見渡す限りの浜辺を埋め尽くした。
おびただしいテントのかたわらでポーズをとるジョー。

佐世保市長との夕食

九州に上陸した私が、空襲に遭った佐世保市内の撮影をひたすら続けていた時のことです。その辺りではいちばんと言っていいほど高い建物を見つけました。珍しいことにこの建物は戦災を免れたようで、ほとんどダメージが見当たりませんでした。私は日系二世の通訳と共に、十二階はあろうかというビルの入り口にたどり着き、「建物の最上階から写真を撮りたい」と係の人に伝えました。すると市長の許可が必要とのことだったので、早速私たちはそのビルの五階にある市長のオフィスに向かいました。市長は五十歳ぐらいで、身長、体重ともに標準ぐらいの、眼鏡をかけた男性でした。彼は丁寧に私たちをオフィスに招き入れ、快く許可してくれました。

屋上に登り、かすんでいた空気が澄んでくると、はっきりとした景色が見えるようになりました。私は端の囲いに上がり、撮影を始めました。すると通訳が、恐がりもせずに身軽に撮影を続ける私の姿を尊敬のまなざしで見て、仕事ぶりを写真に収めてくれました。

撮影を終えて階段へ向かうと、ちょうど上がってきた市長に出くわしました。なんと彼は、私たちをその日の夕食に招待してくれるというのです。ありがたく受けることにし、その晩私たちは、市長のほか八人の日本人男性と夕食を共にしました。食事はとてもおい

佐世保市庁舎の屋上から市街地を撮影する

焼夷弾によって壊滅させられた市街地を見渡し、その光景にジョーは打ちのめされた。空襲時、市庁舎のビルには火の手を逃れて大勢の市民が殺到したが、巨大なオーブンのようになったビルの中で焼かれたという。

しく、みなさんもとても礼儀正しく、私の話に熱心に耳を傾けてくれました。

食事会も終盤に差しかかった頃、私はこのようなすばらしい料理を誰が用意してくれたのか聞きたくなり、通訳を通して市長に結婚しているかどうか尋ねました。彼はしばしの沈黙の後、「はい、三十五年間、結婚していました」と答えました。私は思わず、「奥さんを台所に閉じ込めてこき使っているんでしょう」と冗談を言いました。すると市長が何か答え、それを聞いた通訳は深呼吸し、翻訳するのをためらっているようでした。私は不思議に思い、市長が何と言ったのか通訳に尋ねました。しかし通訳はテーブルに目を落としたままです。私が再び尋ねると、彼はゆっくりと顔を上げ、私の目を見ながら「彼の奥さんは空襲で亡くなったそうです」と答えました。私はあぜんとしました。落ち着いて、しかし緊張した様子で座っていた市長に、「愚かなアメリカ人が、失礼なことを伺って申し訳ありません」と謝るしかありませんでした。私には、市長がどうして敵である私を夕食に招いてくれたのか、妻が殺されたというのに、どうしてアメリカ人と共に過ごすことができるのかわかりませんでした。自分が逆の立場だったらと思うと何も言えず、「そろそろ失礼します」と私が言うと、市長は丁寧に頭を下げ、親切にドアの所まで見送ってくださいました。私たちは握手をして別れました。

米軍パイロットの墓標

私に課された任務の一つに、ドーリットル爆撃隊[註3]の成果や足跡を追う仕事があり、私は行く先々で隊員たちの消息を聞いて回りました。ある時、福岡県の八幡地区に住む夫妻の土地にアメリカの飛行機が墜落していたらしいとの情報が入り、早速通訳を連れて向かいました。お会いした麻生さん夫妻は地主で、私たちがジープで乗りつけた時は田んぼで働いていていました。

私たちが訪問の目的を告げると、彼らは一年前に飛行機が墜落したという場所に連れて行ってくれました。私がパイロットはどうなったのかと尋ねると、麻生さんは悲しそうな顔で「パラシュートが木に引っかかり、私たちが駆けつけた時には既に亡くなっていました」と答えました。そのパイロットのお墓に着くと、飛行機の墜落地点に大きな穴が開き、近くには十字架が立てられ花が添えられていました。麻生さん夫妻が毎週花を添えてくれているとのことで、私が「敵国の人間を丁寧に葬ってくれ、お墓を守ってくれているんですね」と言うと、「私たちは戦争には反対でした。この飛行士は既に亡くなっていたので、尊厳をもって弔ったまでです」と夫妻は答えました。

その後、彼らは私たちを家に招いてお茶をふるまってくれました。私はもっと墜落時の

アメリカ人パイロットの墓（福岡・八幡）

麻生さんがパイロットを葬った墓は丁寧に手入れされていた。生花が飾られ、きれいに掃除されていた。墓には「昭和 19 年 6 月 16 日墜落」と記されていた。

ことが聞きたく、何度も尋ねましたが、それ以上のことはわからないということでした。

この夫妻は、特に通訳に興味津々の様子でした。何がそんなに興味深いのか尋ねると、日系二世の、日本人の顔つきをした通訳がアメリカ人であることが不思議でしょうがないとのことでした。このように打ち解けた時間を過ごした後、夫妻の田んぼでの仕事の様子を写真に撮り、その場を後にしました。

壊滅した広島

佐世保にしばらく滞在したあと、私は海兵隊の親しいパイロットに、広島に連れて行ってくれるよう頼みました。世界で初めて原子爆弾が落とされた街をこの目で見たかったのです。それまで空襲で破壊された街を多く見てきた私は、それらとそんなに違わないだろうという気持ちで広島に向かいました。

飛行機で一時間ほど飛び、パイロットに着いたと言われて上空から辺りを見回しました。「これが広島？」私が想像していたイメージとは全然違いました。街などなかったのです。すべてが平らで、瓦礫《がれき》とほんの少しの破壊された建物が見えるだけ。まるで、巨大な手が人間の痕跡を一つ残らず取り去ったように、街は跡形もなくなっていたのです。私は呆然《ぼうぜん》として何も考えられなくなり、パイロットに着陸してくれと言うのが精いっぱいでした。

私たちは爆心地近くの空き地に着陸しました。「こんな場所に足を踏み入れて大丈夫なんだろうか」という不安を感じながら一歩を踏み出した瞬間、地面の柔らかい感じに驚いたのを覚えています。方角などまったくわかりません。すべてが灰色と黒の石やコンクリートの塊で、建物など一つも見当たりませんでした。辺りには嫌な臭いが立ち込めていて、息をするのもつらいほどでした。

少しずつ目が慣れてくると、信じ難い光景が目の前に広がっていました。数え切れないほどの人間の骨。白く漂白されたような人骨がほこりにまみれているのを目にしながら、私は、ここにはもう骨しか残されていないことを悟りました。絶望感に打ちのめされ、自分がどこにいるのかもわからなくなりました。何千、何万という人々が住んでいたはずの街が、たった一発の爆弾で廃虚と化してしまったのです。すべてがなぎ倒された真っ平らの爆心地を、我々は「グラウンド・ゼロ」と呼びました。まったく人気《ひとけ》がない。そこで私は思いました。「神よ、我々は一体何をしたのですか」と。

茫然《ぼうぜん》自失の私の耳に、からすの鳴き声が聞こえてきました。見るとあちこちにからすが飛んでいて、まるでわずかに残った人肉を狙っているかのようです。私は憤りを抑えることができず、手を振り回しながらからすの群れを追い払おうとしましたが無駄でした。からすたちは少し離れたと思ってもすぐに戻ってきました。パイロットが「危険だからやめたほうがいい」と言うので、私たちは飛行機のある場所に戻ることにしました。後に気づ

相生橋《あいおいばし》と本川《ほんかわ》国民学校校舎（広島）

相生橋は、市内を流れる太田川が分岐する地点にかけられ、珍しいT字型をしていたことから原子爆弾の投下目標地点であった。しかし実際には、原爆はこの地点からやや東南にある病院の上空600メートル付近で炸裂した。写真中央は、爆心地から410メートルの所にあった本川国民学校。熱線が校内を燃やし尽くし、一瞬のうちに数百人の生徒と10人余りの教職員が死亡した。生存者はわずか生徒1名、教職員1名だった。

いたのですが、私がからすに抱いた憎悪は、裏返してみれば、自分の国が広島を破壊してしまったという罪悪感だったのです。十三歳の時に私が体験した洪水は、家や家具、父の歯科医の職を奪い、家族は何か月も政府からの配給に頼らざるを得ませんでした。すべてのものを失う体験でしたが、原爆との大きな違いは、洪水は自然災害で誰にも予測できないが、原爆投下は人によって計画され、実行されたということです。私は広島の人骨だらけの荒れ地に呆然と立ち尽くし、人間が同じ人間に犯した信じ難い行為を思いながら、言いようのない悲しみに襲われました。

長崎の惨状

その後、私は佐世保から長崎市内に向けてジープで南下しました。この四十マイル（約六十四キロ）ほどの道のりが、私の人生を変えることになったのです。この時の任務は原爆投下後の長崎を記録するというもので、私は隊のカメラマンとしてジープを使ってある程度どこにでも行くことができ、パイロットに頼んで空から撮影することもできました。

まず、広島が世界で初めて原爆の犠牲となり、短期間で十四万人[註4]もの人が亡くなりました。その三日後、今度は長崎が犠牲になり、七万四千人[註5]の命が消えました。その瞬間、かろうじて命のあった人々も皮膚が溶けて垂れ下がり、指が全部くっつくなどして道端でう

空から見た広島

爆心地から450メートル離れた所にある日本基督教団広島流川《ながれかわ》教会。近くを一人の人が歩いている。ジョーは、徹底した破壊ぶりを見せるためしばしば低高度から市街を撮影した。

なっていたのです。私には、そうした惨状を目にする心の準備ができていませんでしたが、与えられた任務を全うするほかなく南下を続けました。途中、瓦礫の山があってどうしてもジープで進むことができなくなり、たばこなどと交換で日本人から馬を手に入れ、市内を回って撮影しました。夜は壊れた建物の中で寝たりしていましたが、他のアメリカ人兵士に出会うことはありませんでした。日本人と会うと、ほとんどの人が私を怖がるか避けるかしました。

長崎での孤独な数か月の中で、荒廃した浦上天主堂を見た時には心が痛みました。原爆投下時には、ちょうど告解が行われていたため数十人の信者が天主堂内にいたそうです。

「カルバリの丘」（長崎）
沈みゆく夕日にシルエットとなって浮かび上がる浦上天主堂。ジョーは、
カルバリの丘で十字架につけられたキリストを思い起こしたという。

浦上天主堂

天主堂の丸屋根は爆風によって転げ落ち、廃虚に横たわっていた。原型をとどめぬまでに破壊された建物の内部では、当日は告解が行われており、出席していた数十人の信徒は、熱線や崩れ落ちてきた瓦礫によって即死した。

この教会のある丘を、私は「カルバリの丘」と呼んでいます。クリスチャンである私には、イエス・キリストが十字架にかかった丘を思い起こさせるからです。

一本足の少年

それにしても、どんな悲惨な状況の中でも子どもたちはたくましいものです。女の子たちは川沿いで洗濯をし、男の子たちは野球を楽しんでいました。私はその様子をなんとかカメラに収めようとしましたが、すぐに逃げられてしまうのです。考え抜いた結果、私はカメラの蛇腹の中にチョコレートバーやチューインガムを隠して軍の外に持ち出しました。そして子どもたちに「チョコレートだよ、ガムもあるよ」と言うと、みんな走ってくるではありませんか。うれしかったですね。

子どもたちの中でも、どうしても忘れることのできない少年がいます。彼には足が一本しかなく、杖をついて歩いていました。その杖があまりに大きくて歩きづらそうにしていたので、彼を座らせ、持参したナイフで杖を六インチ（約十五センチ）ほど切って渡し、「歩きなさい」というジェスチャーをしました。彼は十―十五フィート（約三―四・五メートル）歩いたところで振り返り、笑顔で「オーケー、オーケー」と言いました。それ以来、その少年ととても親しくなりました。私は当時、馬と一緒に廃虚で寝起きしていたのですが、

瓦礫の山（長崎）

たばこと交換で手に入れた馬をボーイと名づけ、共に廃虚を巡った。ボーイはジープと違って小回りがきき、瓦礫をものともせず進むため、荒れ果てた爆心地へも撮影に行くことができるようになった。街は徹底的に破壊しつくされ、ここがどの辺りなのかまったくわからなくなっていた。

彼は毎日訪ねてきてくれ、馬にえさをやったり散歩させてくれたりしました。

　私の食糧は、軍の飛行機が定期的に空から落としてくれていました。少年の家族とも仲良くなった私は自分の食料を分けてあげようと思い、アルミの缶詰を振ってみて、フルーツカクテルと思われるものを二つ持って出かけました。少年の家に入ると、家族はくつろいでいました。私はフルーツカクテルを持ってきたといい、おもむろに缶にナイフを突き刺しました。すると、ピューっと赤い汁が。それはケチャップでした。気を取り直し、もう一つの缶を開けたら真っ黄色。今度はマスタードだったのです。それを見た少年の祖母が口に手を当ててくすくすと笑いだし、つられてみんなも大笑い。食糧は分けてあげられませんでしたが、とても楽しい時間を共有できました。

　そんなある日のこと、少年が私を訪ねてきませんでした。変だと思って彼の祖母の家へ行くと、彼女は自分の足を指さし、寝ているようなジェスチャーをしたあと空を指さしました。信じられないことでしたが、一本足の少年は亡くなったのです。足の傷口から細菌に感染してしまったとのことでした。祖母は私を家の中に招き入れました。少年の家族が、ろうそくが並んでいる壁に向かって座っており、私にも一緒に座るよう促しました。それは少年の葬儀でした。それから祖母は立ち上がって奥の部屋へ行き、何かを持って戻ってきました。最初、私が刀かと思ったそれは、少年が使っていた杖でした。

焼き場に立つ少年

　佐世保から長崎に入った私は小高い丘の上から下を眺めていました。すると白いマスクをかけた男たちが目に入りました。彼らは六十センチほどの深さに掘った穴のそばで作業をしています。やがて、十歳ぐらいの少年が歩いてくるのが目にとまりました。おんぶひもをたすきにかけて、幼子を背中に負っています。弟や妹をおんぶしたまま広場で遊んでいる子どもたちの姿は、当時の日本ではよく目にする光景でした。しかし、この少年の様子ははっきりと違っています。重大な目的をもってこの焼き場にやってきたという強い意志が感じられました。しかも裸足です。少年は焼き場のふちまで来ると、硬い表情で目を凝らして立ち尽くしています。背中の赤ん坊はぐっすりと眠っているのか、首を後ろにのけぞらせていました。

　少年は焼き場のふちに五分か十分も立っていたでしょうか。白いマスクの男たちがおもむろに近づいて赤ん坊を受け取り、ゆっくりと葬るように、焼き場の熱い灰の上に横たえました。まず幼い肉体が火に焼けるジューという音がしました。それからまばゆいほどの炎がさっと舞い上がり、真っ赤な夕日のような炎が、直立不動の少年のまだあどけない頬を赤く照らしました。その時です。炎を食い入るように見つめる少年の唇に血がにじんで

焼き場に立つ少年（長崎）

「アメリカの少年には、とてもこんなことはできないだろう」。ジョーはこの光景を目にしたとき、戦争や軍国主義の影響がこのような小さい子どもにまで及んでいることを感じずにはおれなかった。

いるのに気づいたのは。少年があまりきつくかみ締めているため、血は流れることもなくただ少年の下唇に赤くにじんでいました。夕日のような炎が鎮まると、少年はくるりときびすを返し、沈黙のまま焼き場を去っていきました。

帰国と記憶の封印

私は佐世保に上陸してすぐ、たばこと交換で日本人からカメラを譲り受けて私用のカメラとし、週末などに三百枚ほど写真を撮っていました。帰国したら母に見せようという軽い気持ちからでした。夜になると、ヘルメットに現像液を入れて自分で現像し、ネガの角に穴を開けて糸を通し、木の枝などに掛けて乾かしました。しかし帰国後は、それらの写真を母に見せることはなく、トランクに四十五年もの間閉じ込めることになりました。日本で見聞きしたことすべてを忘れたかったのです。

一九四六年三月、海兵隊を名誉除隊した私は、私が兵役に就いている間に父が亡くなり、ボルチモアに住んでいた母のもとへと帰り着きました。母は仕事で不在でしたが、アパートの鍵は私のために開いており、夕方母が帰ってくると、私は一晩中話し続けました。それから数日間は一般市民に戻ったことがうれしく、好きな時に食べ、気が向けばシャワーを浴び、起きたい時に起きるという生活を満喫しました。しかし、荷物をいつまでもそのままにしてはおけません。私はトランクの蓋を開けました。

中に入っていた八×十インチ（約二十×二十五センチ）サイズのコダックの箱を見つけ、丁寧にネガを取り出して窓の方に向かって透かしてみました。どこの場所か特定はできませんが、荒れた土地が写っていました。次のネガを取り出すと、そこには両目から黄色いうみが出ている小さな男の子と、絶望感に襲われた様子で立ち尽くす母親の姿が写っていました。その瞬間、思い出したのです。その母親が男の子の片方の目を開け、眼球がなくなった眼窩《がんか》を私に見せたことを。もう片方の目は、眼球が飛び出してぶら下がっていたことを。私は耐えきれなくなり、ネガを袋に突っ込んでごみ箱に捨てました。それからまた他のネガに手を伸ばしました。頭が不自然に曲がった男性の写真でした。「どうしてこんな写真を撮ったんだろう」と思った瞬間、顎がなくなって舌をぶらぶらさせながら懸命に話そうとしていた男性だったと思い出しました。こんな恐ろしい写真を母に見せるわけにはいかないと、急いでごみ箱に捨てました。

私はそれ以上見ることができなくなってトランクを閉じました。それから軍用バッグを開けました。靴下、下着、ズボン、ブーツ、靴の後に、海兵隊の制服が出てきました。それをどこにしまおうかと持ち上げ、目を注いだ瞬間、今まで感じたことのない思いが押し寄せてきたのです。私は急に、自国が散々痛めつけた何の罪もない日本人の前で、まるで勝利を誇示するかのように制服を着ていた自分が恥ずかしくなりました。私が日本で出会った人々は、パール・ハーバーとは何の関係もなく、温かい人々ばかりでした。私は制服一式を裏庭に持っていくと、芝生の上に投げ捨て、ガソリンをかけまくって火をつけました。炎は一分ほどすごい勢いで燃えていましたが、やがて静かに広がっていきました。軍曹の階級を示すストライプと、海兵隊からの手紙が灰になっていくのを見ながら、私は、もう日本で経験したことや感じた怒りを忘れ去ろうと決め、その場を立ち去りました。

その後、私は戦時中に失いかけていた故郷での思い出を取り戻すかのごとく、ジョーンズタウンに戻り、コーナーストアに足を運びました。ところがそこに店はありません。オビーニさんが亡くなってから店が解体撤去されたと後に知らされ、私の子ども時代の思い出が泡と消えたようでした。原爆は、広島・長崎に落とされただけでなく、投下した側のアメリカにもその影を落とし、コーナーストアにも何がしかの影響を与えたのです。私は、「もう楽しかった子どもの頃には戻れない、人生は変えられないのだ」と悟ったのでした。

大統領付きのカメラマンに

海兵隊を除隊してから、私は写真の株式会社を立ち上げてビジネスを始めましたが、一九四八年、連邦政府の機関であるアメリカ情報局から誘いがあり、ホワイトハウスの部署でトルーマン大統領付きのカメラマンをすることになりました。そこで課せられた最初

ウェーク島にて（1950 年）
トルーマン大統領とマッカーサー元帥が行ったウェーク島での会談で、
仲間のカメラマンたちと写るジョー（左から二人め）。

の仕事は、大統領の演説を撮影することでした。四時間前に会場に着き、三脚を立てて自分の場所を確保し、フラッシュライトのチェックをしながら大統領の到着を待ちました。そしてついに大統領が出てきました。演壇にたどり着いた彼の姿を撮った瞬間に、小さい頃の父の記憶がよみがえってきました。（今、私はアメリカ大統領の連邦議会での演説写真を撮ったのだ！）「お父さん、これは本当にすばらしいことだ」と、私は亡き父につぶやきました。しかしその体験は、私にとってほんの始まりにすぎませんでした。

一九五〇年の十月には、大統領とダグラス・マッカーサー元帥がウェーク島（北太平洋の環礁。アメリカ領）で行った歴史的な会談にも居合わせました。私は真珠湾から、報道機で大統領の乗った飛行機について行き、ウェーク島に向かいました。島に差しかかった時、無線で大統領と元帥のやりとりを聞いていた操縦士が操縦室から出てきてこう言いました。「信じられないよ。マッカーサーが大統領に、『先に降りているように』だってさ。多分彼は、大統領に自分を迎えろって言いたかったんだと思うよ。そうしたら大統領が、『あの大ばか野郎に先に行っているように伝えろ』だってさ」。私たちはみんな、大統領の率直な態度に笑いが込み上げてきました。[註6]

報道陣の飛行機が着いた頃、大統領と元帥は既に会談を始めていました。周りには私を含めて五人のカメラマンがいて、みんな顔見知りでした。礼儀正しく大統領から六フィート（約一・八メートル）離れて立ち、しばらく二人が握手をする瞬間を狙っていましたが、なかなかその様子がないため、私が元帥に「大統領と握手をしていただけませんか？」と頼みました。他の何人かも同じリクエストをしましたが無視され、そこで私は、元帥が以前発表した声明の中に、「報道関係者は何も注文しないように」との項目があったことを思い出しました。この二人を同じ写真に収めることができれば、ラッキーだと思うしかありません。

大統領と元帥の単独会談は何時間にも及びました。その間私は食事を取り、仲間たちと近くのビルで大統領が出てくるのを待っていました。ついに大統領が出てきて食事を始めた時、私たち撮影クルーは、今日の撮影は終わりだと聞いてほとんどが解散していました。しかしレポーターと私は、ひょっとして何かあるかもしれないと、ビルでずっと待機していたのです。すると、食事を終えた大統領が私たちに近づき、「散歩でも一緒にどうか」と言いました。私たちは張り切ってその誘いを受け、レポーターとシークレットサービス、私の三人は、大統領の後をついてゆっくりとビーチの方に歩き出しました。その途中、大統領が用を足したことによって私の緊張は解け、思い切って大統領に尋ねました。

「大統領、私は戦後、海兵隊のカメラマンとして広島、長崎で写真を撮りました。その後、度々頭を巡ったことですが、大統領は原子爆弾を落とすことに躊躇《ちゅうちょ》はなかったのですか？」

すると大統領は急に顔を赤くし、大声で答えました。「もちろんだ！　不安や疑いだらけだったよ。しかし引き継がなければならないことが山ほどあったのだ！」[註7]その後、散歩

ウェーク島会談に臨んだダグラス・マッカーサー元帥（1950年）
会談を終え、帰路につく飛行機のタラップから手を振るマッカーサー元帥。

は無言で続きました。私は内心、「大統領でもどうにもならないことがあるのかもしれない」と思いました。大統領という近づき難い非人間的な存在が、急に自分と同じ普通の人間に見えてきたのです。散歩を終えると、大統領は何も言わずビルの中に入っていきました。

やがて、島を離れる時間が近づいてきました。大統領と元帥がそれぞれの飛行機に向かって並んで歩いて行き、私たちは距離を保ちながら後を追いました。二人が今度こそ握手をしてくれるのでは、との希望をもちながら。そして、ついにその時がきたのです。私は自分の持っていたスピードグラフィック（アメリカ製の大型カメラ）でその様子を撮影しながら、この瞬間は忘れ難いものになると確信しました。これが重要な会談だからというだけでなく、トルーマン大統領に付いて働いたことで、戦後自分の心につきまとっていた日本に関するわだかまりが消えたからです。

お父さん、見ていますか

私はその後二十年間、ホワイトハウス付きのカメラマンとして、トルーマン、アイゼンハワー、ケネディ、ジョンソンの四代の大統領に仕えました。その他、海外の百二十八人の大統領、女王、首相などを撮影しました。その間訪ねた国は八十七か国。千八百二十人に上る外国政府官僚たちと共に、一年に約五万マイル（約八万キロ）のペースで海外出張

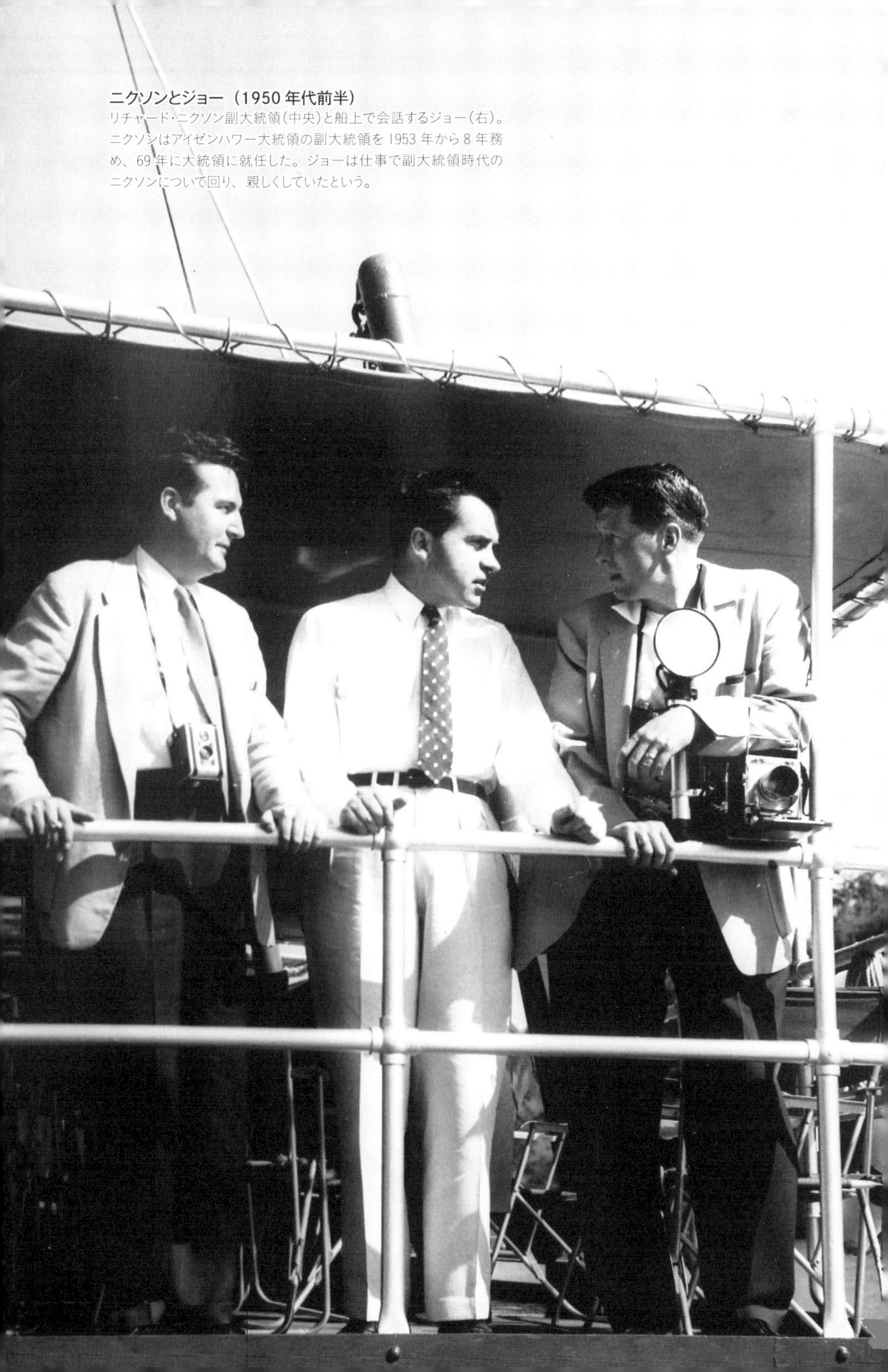

ニクソンとジョー（1950年代前半）
リチャード・ニクソン副大統領（中央）と船上で会話するジョー（右）。ニクソンはアイゼンハワー大統領の副大統領を1953年から8年務め、69年に大統領に就任した。ジョーは仕事で副大統領時代のニクソンについて回り、親しくしていたという。

ケネディとジョー（1961-1963年頃）
ホワイトハウスにあるオーバルオフィス（大統領執務室）で、
ケネディ大統領と。ケネディはジョーが仕えた3人めの大統領。

をしました。基本的な仕事は、大統領と訪問客の写真を撮り、一枚は記録用、もう一枚は先方の国に渡すというものでした。

最悪の思い出は、ジョンソン大統領に付いてオーストラリアに行った時のことです。そこでは多くの国民がベトナム戦争に反対しており、オープンカーに乗っていた私たちにボトルが飛んできたり、殴られたりしました。

私は大統領が海外に行くときは必ずついて行かなければなりませんでした。しかし、観光などしている時間はありません。時には一日二十三、四時間働かなければならず、大統領が眠りについてしまっても私は暗室に入って仕事を続けました。次の国を訪問する前に写真をプリントしてしまわなければならなかったからです。出張から帰ると、仕事仲間や友人に「いい色に焼けてるな」と冷やかされたものですが、それはビーチに寝そべったことによる日焼けではなく、大統領の乗った車の脇を歩き続けたことによるものでした。大統領の側近から撮影の要請があるたびに行かなければならず、ありがたいことではありましたが、自宅の芝生を刈る時間もないほどの忙しさでした。

ホワイトハウスで写真を撮るということはとても競争率の激しい仕事で、アメリカ情報局の私以外に、陸軍、海軍のカメラマンもいました。そのほかにも十人のカメラマン、七人の映像カメラマンが常時働いていました。テレビの登場によって、その競争はますます激しさを増していきました。

私は一九六二年に映像の仕事に移り、ディレクターとして多くのプロダクションの撮影隊と共に働きました。その頃の作品には、「Day of Drums」[註8]、「The Five Cities of June」[註9] などがあります。

思い出深い仕事としては、マーチン・ルーサー・キング牧師がリンカーン記念堂で行った「I have a dream」のスピーチ（一九六三年）や、マッカーサー元帥の「老兵は死なず」演説（一九五一年、退任時のスピーチ）、そしてケネディ大統領の「私はベルリン市民である」演説（一九六三年、西ベルリンで）などです。このように、私は数々の場で写真を撮り続けました。

さらに一九六三年十一月、大統領就任後たった千日余りで暗殺されたケネディ大統領の遺体がダラス（テキサス州）から大統領専用機でワシントンDCに戻ってきた際、空港で迎え入れるという仕事も任されました。アンドリュー空軍基地に飛行機が着いた時には辺りはすでに真っ暗で、私たち撮影隊が昼間の明るさを再現するように、飛行機に向けてライトを当てました。大統領夫人が、ピンクのスーツからストッキングに至るまで夫の血にまみれ、ドアのところに立っていた光景は今でも忘れることができません。大統領の棺がホワイトハウスに着いたのは朝の四時半頃です。その後、トルーマン、アイゼンハワー両元大統領をはじめ、州の関係者が弔問に訪れたのを、一睡もせずカメラに収め続けました。この短い時間に、私はこの手で歴史を記録していたのでした。数学と英語で赤点を取っていた子ども時代を思い起こすと、なんという恩恵でしょう。お父さん、見ていますか。

註

1 幅が三十五ミリあるフィルムを使うカメラ。後に最も普及したサイズのフィルムで、一眼レフカメラ、コンパクトカメラ、「使い捨てカメラ」などに幅広く使用された。

2 キャンディーなどの商品が並ぶ、客と店員が対面する形式のカウンター。

3 ジミー・ドーリットル中佐が指揮したアメリカ陸軍航空軍の爆撃隊。一九四二年、日本本土に対して初めて空襲を行い、敗戦続きだったアメリカ本国の戦意高揚に貢献した。隊機はそのまま中国大陸へ離脱したが、搭乗員八人が現地で日本軍の捕虜となった。

4 一九四五年八月六日から同十二月末までの、原爆による推計死者数。広島市公式発表による。

5 長崎市原爆資料保存委員会による一九五〇年七月発表の報告に基づく。

6 トルーマン大統領とマッカーサーは反りが合わず、度々対立していた。

7 トルーマン大統領は、ルーズベルト前大統領が一九四五年四月に死去したことによって、副大統領から昇格した。原子爆弾の開発は、巨費を投じたプロジェクトとして進行していた。

8 ケネディ大統領のドキュメンタリー。

9 バチカン、ソ連、南ベトナム、米アラバマ州、ベルリンの各都市で一九六三年六月に起きた出来事にスポットを当てたドキュメンタリー。一九六三年、アカデミー短編ドキュメンタリー映画賞受賞。

第二章

写真展への道のり

〈ジョー・オダネルによる回想〉

トランクの封印を解く

一九四六年、私は広島・長崎で体験した凄惨な記憶をトランクの中に封印しました。以来、大統領付きのカメラマンとして仕事に邁進し、気づけば四十年余りが過ぎていました。ところが、一九八九年のある日のことです。ケンタッキー州にあるカトリック系の施設を訪ねた際、一人のシスターが作った彫刻像に出合ったことで、すべてが変わったのです。創作したのはシスター・ジーニー・デウバー。炎に焼かれる等身大の男の像には「Once」（ただ一度だけ）という題がついており、広島・長崎で被爆した被害者たちの鎮魂の意を込めて造られました。十字架にかけられたイエス・キリストを思わせるその男の体には、被爆者たちの写真が一面に貼られています。私は大きな衝撃を受けました。それを見た時の気持ちをどう表現したらいいのでしょう。無実の人々、多くは老人、女性、子どもたちにあれほどの非人道的な恐怖と苦しみを与え、荒廃をもたらした爆弾を自国が投下した事実に、私は深い悲しみ、そして激しい怒りを覚えました。その当時のことを思い出すのは耐え難い苦痛でした。長い間、何も感じていないふりをしてみたり、悲惨な思い出を無視しようとしてきました。しかし、自分が広島、長崎、佐世保、東京など、過去訪れた場所に立ち

Once（ただ一度だけ）像（1989年）
シスター・ジーニー・デウバー制作。サイズは人の等身大で、被爆者たちの写真が一面に貼られている。後に、写真はジョーによってペンキで塗り重ねられ（p72）、炎もシロアリによって失われてしまった。

尽くしている悪夢を見る日々が続き、ついに私は、このことに直面しない限り傷が癒やされることはないのだ、ということに気づいたのです。

苦痛の中から、私は自分が何をしなければならないか啓示を受けました。かつて撮影した写真を使って、核戦争の恐ろしさを伝えていかなければならないと自覚したのです。私は自分を突き動かした影像を買って家に運び、早速、ネガを収めたままほこりだらけになっていたトランクを開けてみました。半世紀近くもの間、寒くてじめじめした地下室や、蒸し暑い屋根裏部屋に打ち捨ててあったのですが、それにしては不思議なほど良い状態のネガが出てきたのは意外でした。そして一枚一枚、丁寧にネガを取り出し、身震いする思いで、写っているものを見たのです。恐ろしい映像の一つ一つが事実を伝えていました。信じられない光景の数々。これほど残酷な人災が、またとあるでしょうか。原爆投下は歴史を、そして人類を冒瀆《ぼうとく》した行為です。

私はすべてを昨日の出来事のように思い出します。被爆者たちの体を覆うようにうごめく蝿《はえ》やうじ虫。「何とかして!」と助けを求める声も耳から離れません。鼻をつく、焼けただれた肉の発する異臭も忘れられない。あの情景から逃げ出したいと、一時は写真を用いた活動などやめようとさえ思いました。しかし私は、広島、長崎に落とされた原爆がどれほどの痛みや苦しみ、そして荒廃をもたらしたかを、世界に向けて訴えていかなければならないと決意したのです。

そしてその日から、またも悪夢で眠れない日々が続きました。それ以前から体調は悪化しており、あらゆる種類のしこりが体にでき、腸は十二フィート（三・六五メートル）も切除。脊椎のインプラント治療も経験していました。さらに医師から、体全体の骨が柔らかくなっていると言われ、数え切れないほどの手術を重ねました。原爆投下直後の二都市を歩き回ったため放射線にさらされた私には、後にさまざまな症状が現れることになったのです。私の人生の方向はすっかり変わってしまいました。一九四五年当時、放射性物質が人間の体にどのような影響を及ぼすか、誰も知らなかったのです。今は周知の事実ですが、原爆の炸裂時に放射線を浴びた人々はもとより、投下直後、その場を訪れた人々も長期にわたって放射線の影響を受けることになるなど、わかるはずもありませんでした。しかし私は、自分の苦しみを被爆者たちの苦しみと比較する気はありません。彼らのほうが、ずっと深い苦しみを体験していると思うからです。私は、自分がこれまで生き延びてこられたこと、そして「Once」という彫刻に出合ったことには意味があり、自分の体験を通して、核戦争が起こらない平和な未来のために貢献できるはずだ、との確信を得、写真展の活動を始めることにしたのです。

この写真展は、当初はアメリカ人に見てもらいたいという思いで始めました。[註1] しかし、写真展に来た人々の反応を見るにつれ、考えが変わってきました。来場した多くのアメリカ人が、当時の日本人に対して同情の意、共感、心の痛みを抱いていたのです。涙する人も少なくありませんでした。「どうしてこんなことが起きてしまったのか」「どうして私たちにこの事実が知らされてこなかったのか」。人々は悲しみを感じつつも、過去に起きた出来事を正確に理解していたのです。私は「これはすべての人に見てもらうべきことなのだ」と感じました。特に日本人に見てもらいたい。私自身が彼らの傷を癒やすことはできないけれど、私の撮った写真なら、日本の人の心を癒やす手助けができるかもしれない、と思ったのです。

　私は、アメリカが原子爆弾を落としたことは間違いだったと思っています。何万人もの市民を一瞬のうちに殺した罪は、ホロコースト[註2]に匹敵するものです。原爆投下は、戦争の早期解決のためではない。多くの戦災を受けた地を回りましたが、日本は空襲で痛めつけられ、戦う力はもうなかったはずです。アメリカは、戦後、ソ連より優位に立つため、原爆の威力を世界に見せつけるために落としたのです。ですから、一九四五年の日本で何が起きたかを人々に伝え、二度と同じことが起こらないように呼びかけたかったのです。戦争を繰り返さないためには、現場にいた人たちが証言することです。私は、少なくとも被爆地で何が起きたかを話すことができる。戦争で生き残った者は、体験を次代に語り継ぐ使命があります。核戦争の脅威は今も存在しています。平和のために力を合わせなければなりません。神が時を造り、私たちが原子爆弾を作り、そして一九四五年の八月、日本の二つの街が地球上から消えました。その悲惨さは、人間の理解をはるかに超えるものでした。そのようなイメージを見て、平和を考えない人がいるでしょうか。

日本で写真展を開くにあたって出した声明に、私のすべての思いを込めています。


「アメリカ国民の一人として、私の考えを述べます。

必要のなかった世にも残酷な原子爆弾の投下によって引き起こされた痛みに、後悔と悲しみの念を覚えます。あれは間違いでした。人道に反していました。ナチスのホロコーストと同じほどの、犯罪と言ってよい過ちでした。歴史に対してだけでなく、人類に対する犯罪でした。

私は一九四五年に広島、長崎の灰と瓦礫《がれき》の中を歩き、これまでに存在しなかったであろうほどに変わり果てた姿になって死んだり、苦しんだりしていた子ども、女性、老人たちを写真に撮りました。五十年たった今、みなさんの前で宣言します。私は、かつて見たことを決して忘れません。死んでいった人々に対して、覚えておく義務があるのです。彼らの死を無駄にしてはいけません。覚えていることによって、彼らの死を悼みましょう。命の尊厳を彼らから学びましょう。私は語り続けます。一九四五年の日本がどんな悲惨な状態にあったのかを。私の広島・長崎の写真展はこれからもずっと開催されることでしょう。そして出版された本を、多くの人が読んでくれることでしょう。

もう二度とこのような惨事の犠牲者になったり、加害者になったりしてはいけないのです。ノーモア広島、ノーモア・パール・ハーバー、ノーモア長崎、ノーモア――。平和が私たちの未来をつくるのです。平和なくして未来は訪れません。

ジョー・オダネル」

写真展示活動の開始

ジョーがプライベートで撮った写真は一九四六年から一九八九年までトランクの中に封じ込められていたわけですが、彼が写真を直視できるようになるまで、それだけの時間がかかったということだと思います。彼は、「原爆投下後の日本で数か月過ごして目撃したことは、私の体に影響をもたらしただけでなく、心の中に癒やし得ない傷を残したのです」と言い残しています。

ジョーは一九九〇年、約二十枚の写真を使い、テネシー州ナッシュビルで「一九四五年八月の四日間──写真家のレガシー（遺産）」という写真展の準備をしました。その後の二年間で、写真は二十枚から五十枚へと増え、ナッシュビルにあるヴァンダービルト大学をはじめ、南部を中心に写真展を開くことになりました。その当時の気持ちを、ジョーは次のように語っています。

「一九四五年八月の四日間に起きたこと、二つの都市が一瞬にして消え去り、私たちと同じ血の通った多くの人々が犠牲になったことを知ってもらうために、今、私は写真展の準備をしています。

あの時の恐ろしい出来事を忘れてはいけないのです。人間を人間でなくしうる戦争というものを起こしてはならないのです。私たちは原子爆弾が投下されたこと、それによって生じた多くの犠牲者、孤児、未亡人、焼け出された人々、行方不明の人たちのことを忘れてはいけません。二度と広島、長崎の悲劇が起こらないようにするには、すでに起きてしまった悲惨な出来事を覚えていなければいけないのです。

この写真展は特に、若い、これからの世代を担う人々に見てほしいと願っています。彼らには、過去の歴史をきちんと学んで、平和にあふれた未来を築いてほしいのです。私自身の気持ちをこの写真展から切り離すことは難しいのですが、来場した人々が写真を見て、その背景にある話を読んで、私の意見に影響されることなく自分なりの感じ方をしてほしいと思っています」

このような気持ちで始まった写真展は少しずつ広まっていき、来場者からの感想も好意的なものが多く、「歴史の学びの時になった」との声も少なくありませんでした。以下、来場者の感想を紹介します。

『原爆写真展』と聞いて何を想像しますか？　恐らく焼けただれた体、苦しみのたうち回る人々、または荒れ果てた光景だと思います。でも、この写真展はそういうものとは違います。それぞれの写真はオリジナルのネガからプリントされたらしく、とても美しくコントラストもシャープです。終戦直後の長崎の様子や、日本各地での風景や人々の写真なのですが、これらは歴史の記録としてとても重要なものでしょう。日本の歴史的な瞬間にそこに居合わせた人にとって、今このような写真を見ることは、四十八年前にタイムスリップするようなことではないでしょうか。私たちのような若い世代の者にとっては、これらの写真は自分の親世代のことで、本や教科書などから学ぶ歴史でしかありませんでした。親たちにとっても衝撃を受ける経験であるとは思いますが。この写真展に来場したほとんどの人々が、時間をかけて熱心に見入っていたことが印象的でした」

「写真展というのは本当にインパクトがあるものだと思います。特にこの写真展は、写真を通して目撃者であるオダネル氏自身から送られた、とても心の奥深くに響くメッセージです」

「近年、小学校そして中学、高校の学校図書のどの本の中にも、戦争のことや、日本が何をしたのかなど、何も書かれていません。例えば、日本が南京でどんなことをしたのか知りたくても、誰も教えてくれません。何が起きたのかさえ教えようとしないのです。戦争というものは、どちら側も間違っています。パール・ハーバーの記念碑に刻まれて

アメリカの学校での写真展（1990-1991年頃）
写真展では「Once」と、幾枚かのパネルが展示された。ジョーは生徒たちに自分の体験を話して聞かせ、生徒たちは熱心に耳を傾けた。

いる名前を見上げるアメリカ人と日本人との間に、違いなどないのです」

「私たちは、このような過ちを二度と犯してはなりません。より多くの人がこの写真展に来てくれますように。私は学校の全生徒にこのことを話します。そしてみんなでディスカッションができればと思います」

「戦争が終わって五十年がたとうとしているんですね。私たちの家族だけでなく何千もの家族が、『お宅の息子さんは戦場で行方不明になりました』と言われ、息子たちは決して帰ってきませんでした。もし私の兄が生きていたらどんな人生だったのだろうと、何度も考えました。兄の血が、そして何千人もの血が、戦争などという意味のないことはやめてくれと叫んでいます」

「私たち人間はみんな一つの家族なのです。武器を持っている腕を下ろして、愛をもって隣人と腕を組むことによってしか平和は訪れません。ジョーさんが言ったように、過去を変えることはできません。広島と長崎に起こったことはすでに過去の歴史となっています。しかし、将来は私たちの手にかかっているのです。平和が私たちの未来です。

それなくして未来はないのです」

ジョーが抱えていた傷

活動を始めてしばらく、ジョーは自ら額に入れた写真やキャプション（写真に添えられた説明文）を車に積んで会場まで運んでいました。当時は、手術で脊椎の脇に入れた二本の鉄パイプを固定するために大きなコルセットを巻いており、心臓にはペースメーカーという、動くにはあまりよい健康状態ではありませんでしたが、それでも自分に与えられた使命を一生懸命果たそうと、意気盛んに活動していました。

そして、この一連の活動のきっかけとなった「Once」という等身大のイエス・キリストの像も一緒に展示していました。この像はジョーが買い取ったかたちになっていますが、オリジナルの値段はとても彼の手の届くようなものではありませんでした。写真展でディスプレーしてくれるなら、というシスターの好意で、約百分の一の値段で購入することができたのです。後に「Once」は、像の足元の炎の部分がシロアリらしき虫に食い荒らされ、結局は炎なしの像になってしまいました。それでも長年大事に保存して、写真展のシンボル的な役割を果たすことになりました。

私がジョーと暮らすようになってからのことですが、ある日外出から帰宅すると、ジョーが家の片隅で何かをしていたことがありました。近づいてみると、泣きながらこの像に肌色のペンキを塗っているではありませんか。すでに半分以上塗られたキリスト像からはペンキがたらたらと垂れていました。どうしてそんなことをしているのか聞くと、彼は「毎朝、起きてリビングに入ると、この像に貼ってあるたくさんの被爆者の顔が目に入る。今までは我慢していたけれど、もう見るのが耐えられなくなった」と泣きながら訴えてきたのです。私は彼から当時の話をいろいろと聞いてはいましたが、やはり経験した者とそうでない者とはこうも違うのかと、原爆の被爆者、目撃者の心の傷の深さになすすべがありませんでした。ただ懸命にペンキを塗る彼のそばで、戦争というものの過酷さを思い、国同士の勝ち負けはあっても、それに関わる人間にいいことなど何も起こりはしないのだ、という現実を知りました。

このキリスト像は今も私の家のリビングで、被爆者たちの苦しみを皮膚の下に隠しながら、毎日を見守ってくれているのだと信じています。

日本での写真展

テネシー州で行われた写真展は学校関係にとどまらず、街のホテルや公共の場を借りて一般の人たちにも公開されていたようです。そして、キリスト教会での展示も多々あったと聞いています。アメリカ南東部は、もともと「バイブル・ベルト」と呼ばれる信仰の篤い地域ですが、中でもテネシー州は「ベルトのバックル」と呼ばれ、アメリカで一番といっていいほど教会が多いのです。確かに、街の隅々にいろんな教会の建物が見受けられ、何百人も収容できるほどの大きな建物も珍しくありません。主流は南部バプテスト派で、その他、カトリック、メソジスト、長老派、救世軍など、あらゆる教派の教会が肩を並べています。それは、いかにキリスト教信者が多いかを物語っており、テネシーがボランティアが盛んな州として知られるゆえんにもなっています。

ジョーが所属していたのは長老派のブルックミード教会で、会員が百人前後と小さくはありますがとても活動的で、社会問題に積極的に取り組むことで知られています。そこで彼は二十数枚の写真を展示し、教会員を対象に講演会を開きました。ほとんどが顔見知りの人たちばかりでしたので、話をする側としては和んだ気持ちで心を開けた時ではなかったかと思います。

その何日か後の写真展には、州内にある同じ教派の他教会から足を運んでくれる人もいました。プレゼントヒルという、引退した牧師たちが集まって住んでいる地域から訪ねてくださったリチャード、マーサ・ラマーズ夫妻と出会ったのも、その時だったと思います。リチャードさんは原爆投下の数年後に牧師として広島を訪れており、その時に奉仕団体の仕事で広島に来ていたマーサさんと出会い、結婚されたそうです。それから四十五年間、宣教師として日本に滞在し、キリスト教の伝道に貢献されました。そんなラマーズ夫妻は、ジョーの広島・長崎の写真展があると聞いて、車を二時間ほど運転して来てくださったのでしょう。この時の出会いが、後に日本での写真展開催につながるなどと誰が予想できたでしょうか。神の計画は、私たちの思考能力をはるかに超えたところにあるのだと、改めて思います。

リチャードさんが日本で最後に赴任した教会は岩手県盛岡市にあり、ブルックミード教会での写真展の時は、ラマーズ夫妻と一緒に善隣館[註3]（盛岡市）の山崎 真《まこと》館長（当時）も来場しておられました。ジョーの写真展・講演会に参加した三人は、「これは日本でも開催すべきだ」と感じられ、即盛岡の教会に連絡してジョーの訪日の段取りをしてくださいました。

リチャードさんが書いたであろう訪日の記録によると、彼は日本の七か所でジョーの写真展を開催する計画を立てました。そしてその年の十月八日、ジョーとリチャードさんは日本へと旅立ち、十一月までの六週間、写真展をしながら七つの都市を回りました。二人は一月に出会ったばかりなのに、十月には日本での写真展が実現するなんて、「まるで夢のようだ」とリチャードさんは振り返っています。

写真展はまず、盛岡で六日間、青森で四日間、弘前の男子校、女子校で各一日ずつ開かれました。最も来場者が多かったのは秋田での三日間で、少なくとも入場三十分前にはすでに来場者が並んでおり、約三千九百人が訪れたそうです。その他、埼玉県の本庄で一日、札幌の北海道クリスチャンセンターで三日間、そして最後に、東京の青山学院短期大学で開催されました。各写真展には講演の時間も設けられており、来場した計約一万人のうちの多くの人々が、ジョーに写真展を継続するよう、写真集も出版してくれるよう、励ましてくれたといいます。「この写真を、日本全国に見せてください。今の若い世代は、過去に何が起こったのか知らないのです。でもあなたの写真は嘘をつかない。真実を語っています。私たちには真実を知る権利があります。また、アメリカ人にもきのこ雲の下で何が起こっていたのかを知らせてほしい。あれは地獄以外の何ものでもなかった。二度と、どこの国でも起きてほしくない」と。

またジョーは、新聞、テレビ、ラジオなどから多くの取材を受けました。ジョーが最後に受けたテレビインタビューはＮＨＫの英語の衛星放送で、それはアジア各地やアメリカでも放送されることになりました。新聞の最後の取材は、広島の中国新聞によるもので、「廃虚の子どもら今どこに？」という見出しで、子どもたちや戦争の被害を受けた人々の写真を掲載してくれました。

協力者との出会い

リチャードさんのおかげで日本の写真展が実現したわけですが、彼自身はジョーの写真を次のように評価してくださっていました。

「ジョーの写真は、原子爆弾が炸裂してできたきのこ雲の下で起きた真実を語っています。日本人にとっては、これらの写真を理解することはアメリカ人よりも容易であると思います。私たちアメリカ人は、ハリケーンや竜巻などの自然災害には遭っていますが、人間が起こしたこれほど残忍な破壊というのは、想像ができないのです。一時的な破壊ではなく、その後も長く苦しみが続く原爆の被害を、私たちは経験していません。これは、ビルや家々が壊されただけでなく、罪のない子ども、女性、老人たちに降りかかった悪夢なのです。

偽の大砲（広島）
地対空兵器に見せかけて、偽の大砲が海岸沿いに設置されていた。木やコンクリートでできた電柱が茂みや砂から突き出ているにすぎないが、幾つも設置された様子は砲陣のように見えた。

日米の関係を討論するとき、アメリカでは『二千四百人もの人々がパール・ハーバーで亡くなったのは知っているだろう』とよく言われます。私たちは答えます。『もちろん知っています。でも二十万人以上の人が広島と長崎で殺され、それ以前には、空襲によって六十以上の都市で何十万もの人々が亡くなっています』。一九四五年三月、東京では空襲によって十三万人が犠牲となりました。ジョーの見解によれば、アメリカが原子爆弾を投下する必要はなかったとのことです。広島、長崎に原爆を投下する前、日本はすでに敗戦寸前でした。当時の体験をした人々が、次々とその苦しみを語ってくれました。彼らは食糧もほとんどなく、兵器も竹刀ぐらいしか残っておらず、浜辺に設置されていた地対空兵器も、実は電柱を砲身に見せかけただけのものでした。『家にある鉄製の物は何でも差し出すように』との命令が下っていたくらいで、戦う手段は本当に何も残っていなかったのです。

この話題については、それぞれ意見が異なるのも確かです。しかし、もう過去を変えることはできません。正しかろうと間違っていようと、私たちは過去の出来事を受け止め、二度と同じ過ちを繰り返すことなく、より良い未来をつくっていくしかないのです。私たちには、これから子どもたち、孫たちにしてあげられることがあります。ジョーは常に、『平和が私たちの未来。平和なくして未来はないのです』と言い続けています。彼は、これらの写真が、人々が平和の意味を考えるきっかけになればと願っています。そして、写真を見た一人一人が平和の架け橋になることを希望しています。

ジョーはいずれ、広島と長崎を再び訪れることになるでしょう。将来への道はすでに開かれました。この写真展が、国々の癒やしのために役立つことを祈ります」

私の手元には、ジョーの日本での初めての写真展を報道するさまざまな新聞記事が残っています。原爆を投下した国の人間であり、広島・長崎を体験したカメラマンが、「原爆投下は間違いであった」と言ったわけですから、インパクトが強い写真展だったことは間違いないと思います。当時の記事の中で彼は、「どんな核でも許せない。絶対反対です。あんなことは二度としてはいけない」と言い切っており、そのゆるぎない態度が日本人の共感を呼んだことは容易に想像できます。

日本での最初の写真展からラマーズさん夫妻と共に尽力してくださった山崎真さんは、現在に至るまで日本での写真展のマネジメントをしてくださっており、本当に感謝しています。山崎さんも一九九二年に新聞社からインタビューを受けておられ、次のように語っています。

「オダネルさんとの出会いは、まったくの偶然でした。善隣館では毎年、『隣人から隣人への旅』と称して米国各地の教会を回っています。今年も一月に米国南部を中心に回り、その行程にテネシー州ナッシュビルが入っていました。私たちが来るということで、地元の人たちがオダネルさんを教会に招き、紹介してくれました。それまで、彼の名前さえ知らなかったのです。そこで彼の米国での活動を知り、写真も見て、ぜひ日本でも彼の写真展を開きたいと思った。彼もそれが念願だったんですね。話はとんとん拍子で進んだ。彼は終戦から一か月後、九州に上陸し、その後七か月間にわたって日本各地の戦災を受けた地を回りました。彼の写真に現れる街の風景、人の表情は、文字通りの被災直後とは明らかに違います。大やけどで苦しむ人たち、逃げ惑う人たちなど、直接的に視覚に訴えてくるものは少ない。惨事から一呼吸おいて、静けさ、あくまでも表向きですけど、それが戻った街です。人気《ひとけ》のない街、無表情な子どもたち。訴えてくる感動は静かで、深い。戦争の残酷さを被災直後よりも強く訴えてくる」

ラマーズさん夫妻と山崎さんには公私ともに親しくしていただき、出会いというものは本当に不思議で、人間の意図や能力を超えた出来事だとつくづく実感しています。どのような人とどんな関わりをもつかは、すべて神の御手《みて》の中にあるのだな、と。人間の努力でどうにかなるものではないのですね。もちろん、意味のある深い関わりがもてるよう祈ることは可能ですが。与えられた人生の中で出会う人々との関わりを一つ一つ大切にしていきたい、当たり前のこととして受け止めるのではなく、神からの贈り物として大切に磨いていきたい、そのように思っています。

写真展は翌一九九三年にも精力的に行われ、宮城、栃木、福島、和歌山など、前年と合わせ計四十か所で開催することができました。会場はさまざまで、キリスト教関係の施設、老人ホーム、医師会、文化会館など、それぞれ多くの方々が来場され、盛況な写真展となりました。

栃木県宇都宮市での写真展の次が、私の故郷である福島県会津若松市での写真展・講演会になるわけですが、その前に彼は二十数枚の写真を持ち、一九四五年以来初めて長崎の地を訪れています。これは写真展ではなく、彼の要望によるプライベートな訪問だったようです。長崎市役所に出向き、本島等市長（当時）に写真を見せながら、「二年後の終戦五十年には、広島・長崎で写真展を開催したい」と希望を述べています。結果としては生前中その願いは叶わなかったのですが、彼の死後、二十数枚の写真を長崎市に寄贈した際、原爆資料館で二か月間展示をしてくださり、少なくとも彼の希望の半分は叶えてあげられたかなと思っています。広島の方には、戦後七十年にあたる二〇一五年に私が平和記念資料館を訪ね、ジョーの写真を七点寄贈しました。志賀賢治館長ともお話しする機会を頂き、ヒロシマ・ナガサキ原爆展[註4]（海外原爆展）の展示に加えていただくことになりました。この展示は、広島県と長崎県による共催で、世界各地で行われています。その展示に加えていただけることは大変光栄であり、今後のジョー・オダネルの写真展にとっても助けになると確信しています。

「火傷を負った少年」との再会

そしてこの訪日で、谷口稜曄《すみてる》さんとの再会が果たせたことも、ジョーにとってうれしい出来事でした。谷口さんは十四歳の時に長崎で被爆し、仮設病院に収容されている時に、ジョーが彼の焼けただれた背中を撮影したのですが、その四十八年後に長崎で二人が再会を果たしたとは、本当に不思議です。その時のジョーの驚きは、どれほどのものだったでしょう。彼は、悲惨な傷の状況から、谷口少年がその後亡くなったものと信じ込んでいたのですから。後に出版されるジョーの写真集『トランクの中の日本』（第三章に詳述）には、谷口さんが「火傷《やけど》を負った少年」として紹介されています。

「火傷を負った少年
病院のお手伝いが十四歳の少年を横にして脇を上にし、少年のひどい火傷から膿《うみ》を流

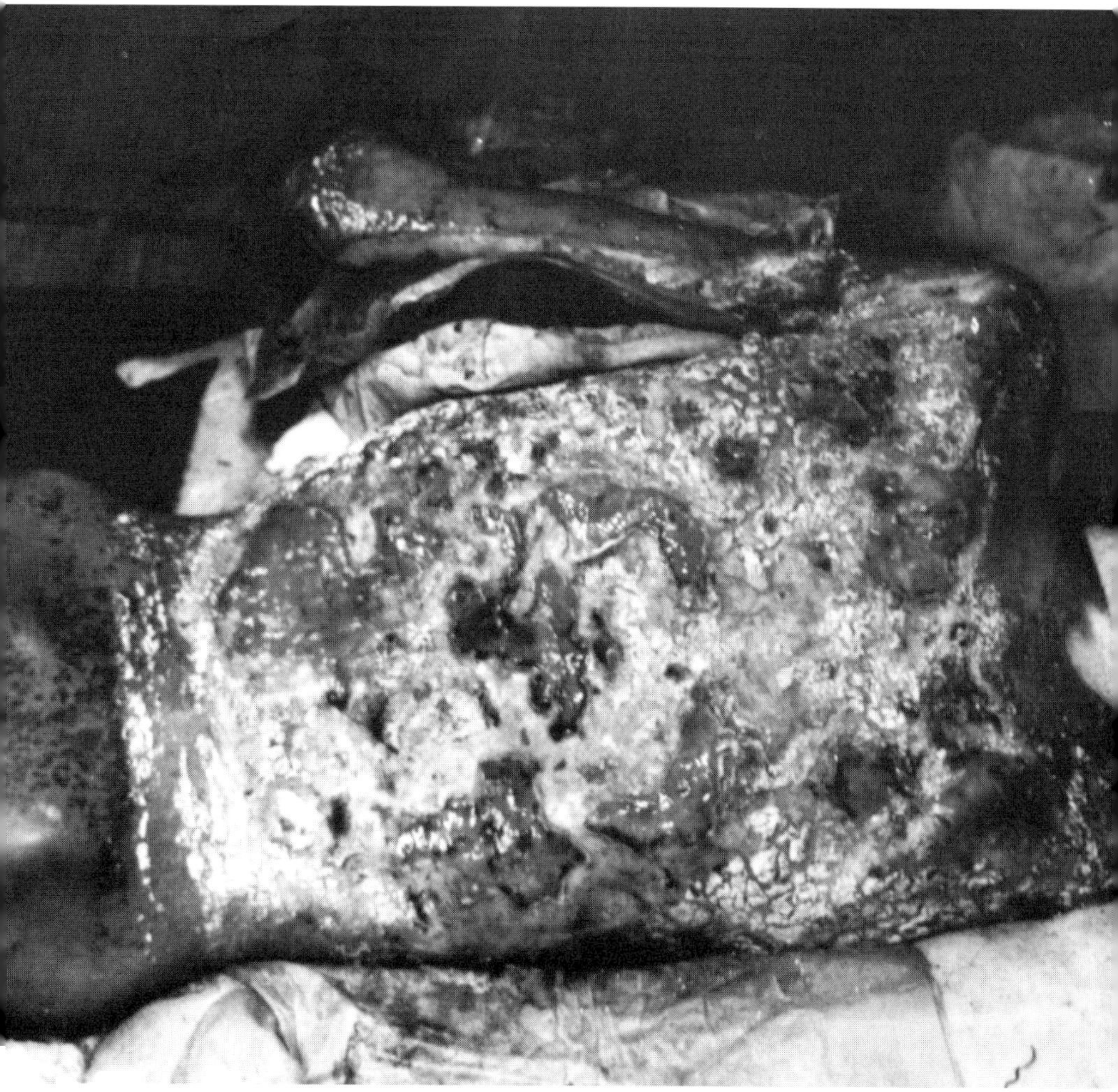

火傷を負った少年（長崎）
少年は眠っているのか気を失っているのか、微動だにしなかった。
彼の裸の背中と尻はひどく焼けただれ、肉片がほとんど残っていなかった。

れ出しやすくした。傷からくる激しい痛みを考えると、少年が昏睡《こんすい》状態であったことをほとんど嬉《うれ》しくさえ思う。じくじくとただれている彼の傷に蠅《はえ》やうじがたかっている。蠅のたかっているこんなにひどい様子を写した写真などだれも見たくないだろうと、私は蠅をハンカチで払い、傷口に触れぬよう注意しながらうじをつまみ取って撮影した。ひどい臭いに息もつまりそうであった。少年がまだ若いこともあって、彼の苦しみを思うと私の心はひどく傷んだ。そのあと私は頼まれない限り、これ以上被爆者の写真は撮るまいと心に決めた。

しかし、この少年は死んではいなかった。一九九三年十一月十二日、四十八年後の長崎で彼に会った時の私の驚きと喜びは、言葉に表現できないほどであった」

正確には覚えていないのですが、確かジョーがこの谷口少年の写真についてコメントしていた時のことです。写真展会場に来ていた女性が「自分はこの人を知っている」と言い、不思議そうなジョーに、さらに「この人は生きています。私の上司です」と伝え、ジョーを驚かせるやら喜ばせるやらの大騒ぎだったそうです。その後谷口さんとジョーは長崎で再会を果たし、ジョーが亡くなるまで親密なおつきあいをさせていただきました。谷口さんは二〇一七年八月三十日に亡くなられましたが、長崎原爆被災者協議会の会長として、最後まで核兵器反対運動に尽力されました。

会津若松での写真展

　私がジョーと初めて出会ったのは、一九九三年、福島県会津若松市にある日本基督教団・若松栄町教会での写真展・講演会でした。ジョーは五日ほど滞在したように記憶しています。写真とキャプションを配置する段階から、彼はみんなに混ざって一生懸命働いていました。偉ぶったところが全然なく、ボランティアのみなさんともすぐに打ち解けており、一九四五年に日本に来た時も、こんなふうに当時の日本人と、ことばは通じなくても同じ人間同士、良い関わり合いをもったのかなと、彼の人柄をかいま見たような気がしました。準備、写真展、講演会と、毎日慌ただしく動き回っていましたが、一日の終わりにはボランティアや教会の牧師、教会員たちと夕食を共にし、たいへん意味のある充実した五日間でした。講演会では、一本足の少年について話すところで会場からすすり泣きが上がり、通訳の片岡輝美さん（若松栄町教会・片岡謁也《えつや》牧師の妻）も声を詰まらせておられたのを覚えています。

　ジョーの写真展の特徴は、なんといっても彼自身の人間性があちこちに表れていることだと思います。人間存在の原点を、占領者としてではなく、同じ人間としての目でカメラに収めている点だと思うのです。悲惨な、焼けただれた被爆者たちの写真展示はまったくといっていいほどない代わりに、過酷な状況での人間同士の関わり合い、子どもたちの残酷なまでの無邪気さひたむきさなどが前面に出ており、そのことがかえって戦争の悲惨さを増長し、見る人の心を捉えてやまないのではないでしょうか。彼は生まれながらのカメラマンだったと思います。才能に恵まれた人でした。けれども、彼の写真が人々の心を打つものだったとしたら、それは彼がどのような人間であったかが、それぞれの写真に映し出されているからでしょう。人間の尊厳ということばがにじみ出るような写真を撮る。それは、そのような生き方をした者にのみ与えられる特権だと私は信じています。

註

1　アメリカでは、「原子爆弾の投下は戦争の早期終結のために必要であった」という考えへの支持が一九九〇年代に入っても半数以上を占めていた。

2　ナチス・ドイツがユダヤ人などに対して組織的に行った大量虐殺を指す。

3　米国からの派遣宣教師や東北各地の教会の支援のために一九三一年に設立されたキリスト教センター。現在は「奥羽キリスト教センター」。

4　広島、長崎両市が一九九五年から毎年海外で開いている原爆展。写真や被爆資料の展示、被爆者による体験証言などがある。

Photo Album

焼け跡の隣人

農業に従事する人

この人は、妻と二人がかりで稲を束にし、一つ一つ木で組んだ干し場に注意深く掛けていた。干し場は田んぼの中に何百と並んでおり、数日がかりの作業である。こうした農作業を見るのが初めてだったジョーは、その大変さに感動した。

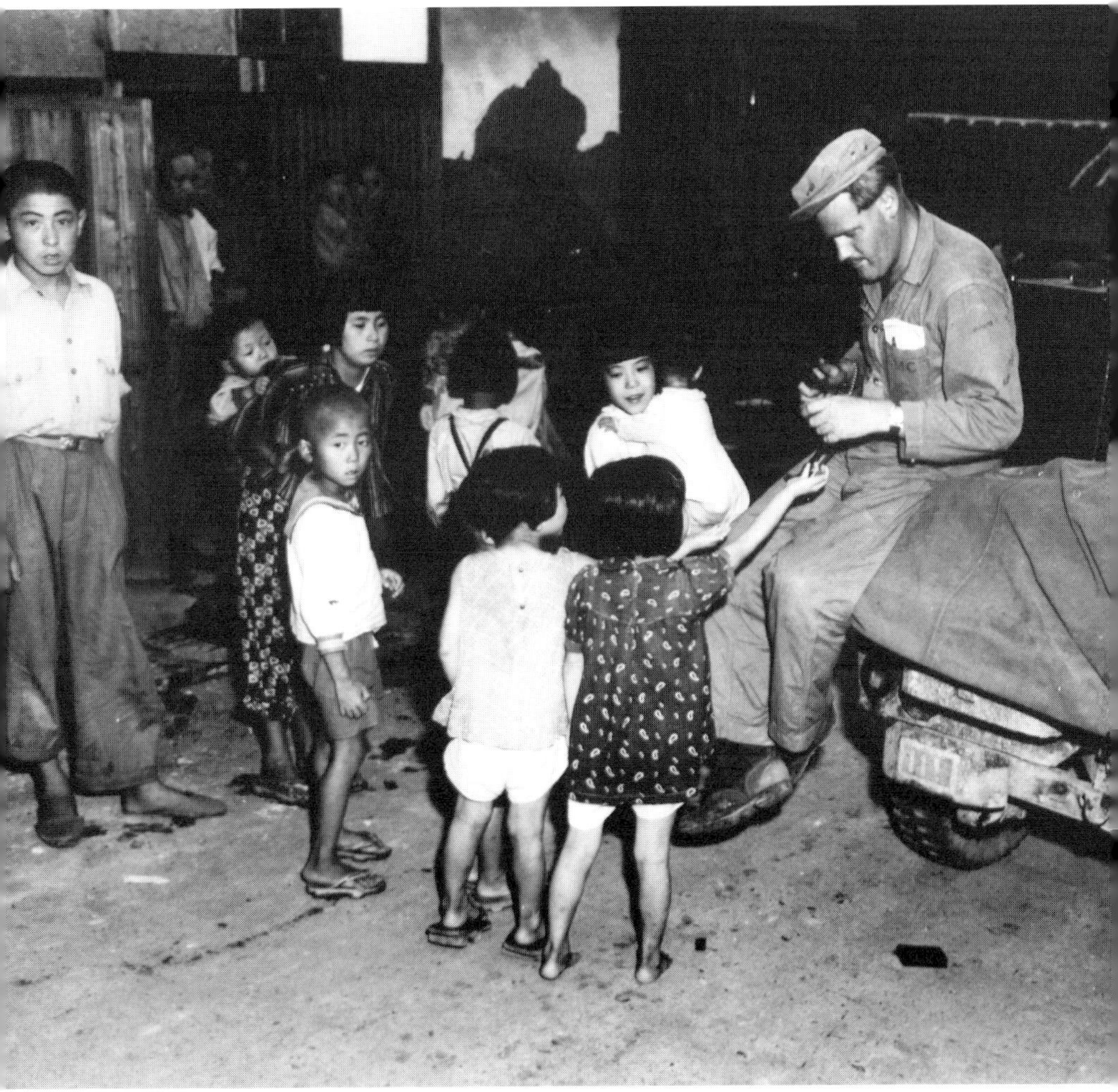

海兵隊員と子どもたち（佐世保）
おなかをすかせた子どもたちに、配給袋の中からチョコレートやガムを取り出して配る海兵隊員。
ジョーはこのような光景をよく撮影したし、子どもたちの警戒心を解いて写真を撮らせてもらうため、
チョコレートを配ったりもした。

アトミック・フィールド（長崎）

ジョーは馬のボーイと共に、「アトミック・フィールド」と記された地域に行った。ここはもとは繁華街だったが、今は生き物の気配がなく、死の静寂と荒涼とした景色がどこまでも広がっていた。

日本兵の帰郷（長崎）
荷物を馬車に高く積み上げて、日本軍の兵士が廃虚となった長崎へ帰ってきた。
彼らは、原子爆弾が故郷にもたらしたあまりにひどい景色にことばを失い、打ちひしがれていた。

小学校にて（長崎）
教室の窓の外には、かつての校庭が完全に破壊されて広がっており、その光景に、ジョーは深い悲しみを覚えた。教室の子どもたちは驚くほど規律正しく座り、ただじっと先生の話に耳を傾けていた。

３人の兄弟（長崎）
爆心地の外れで出会った子どもたち。いちばん年長の子どもが弟たちを手押し車に乗せて遊んでいた。
彼らは最初いぶかしげにジョーを見たが、リンゴをあげると受け取り、３人でむさぼるように食べた。
この時ジョーは、本当に飢えるとはどういうことなのか、自分が何も知らなかったことに気づいたという。

着飾った少女

人々の苦しみや貧しさを見続けていたジョーは 11 月のある日、着飾って出歩く親子連れを何組も見かけて驚いた。誰かが、これは七五三という子どもたちの幸せを願う行事なのだと教えてくれ、少しの間ジョーを幸せな気持ちにさせた。この少女は、アメリカの爆撃機の轟音《ごうおん》により聴力を失った。

「芸者ショー」（福岡）

福岡にできた司令部の所属となったジョーは、海兵隊の士官たちと日本側のもてなしを受けた。

芸者たちの美しくきらびやかな着物が目を引き、優雅で芸術的な踊りは士官たちを魅了した。

教会の玄関に並ぶ靴

ある日曜の朝、礼拝が始まった教会に入って驚いた。日本人の下駄とアメリカ人のブーツが隣り合って整然と並べられていた。「神の家に並ぶこの靴のように、すべての人々が平和に暮らしていければ」と、ジョーは救われた気持ちになったという。

ご馳走《ちそう》（福岡）
通信員の友人たちと福岡の警察署長に招待され、旅館での夕食を楽しんだジョー（手前）。慣れない正座に苦労して、あきらめて足を伸ばしたジョーを、日本の人々はおもしろがった。どうしても正面の人を蹴飛ばしてしまうため、食卓の端に座らされた。

風呂（福岡）

警察署長の招待を受けて夕食を楽しんだあと、友人とともに風呂を勧められた（中央）。風呂に浸《つ》かるというのは貴重な体験で、忘れないためにカメラのタイマーを使って写真に収めた。湯はとても熱く、体を沈めるのが大変だった。

旅館の仲居と海兵隊員（福岡）

風呂のあと、タイマーを使って旅館の仲居と記念撮影をした。彼女たちは布団を敷いて部屋をきれいにしてくれ、ジョーたちが眠ったあとも屏風《びょうぶ》の陰で朝食を用意してくれた。

警官たち

警官たちに頼んで写真を撮らせてもらった。彼らは最初はあまり気が進まない様子だったが、ジョーがたばことチョコレートを渡すと気をつけの姿勢で並んでくれた。

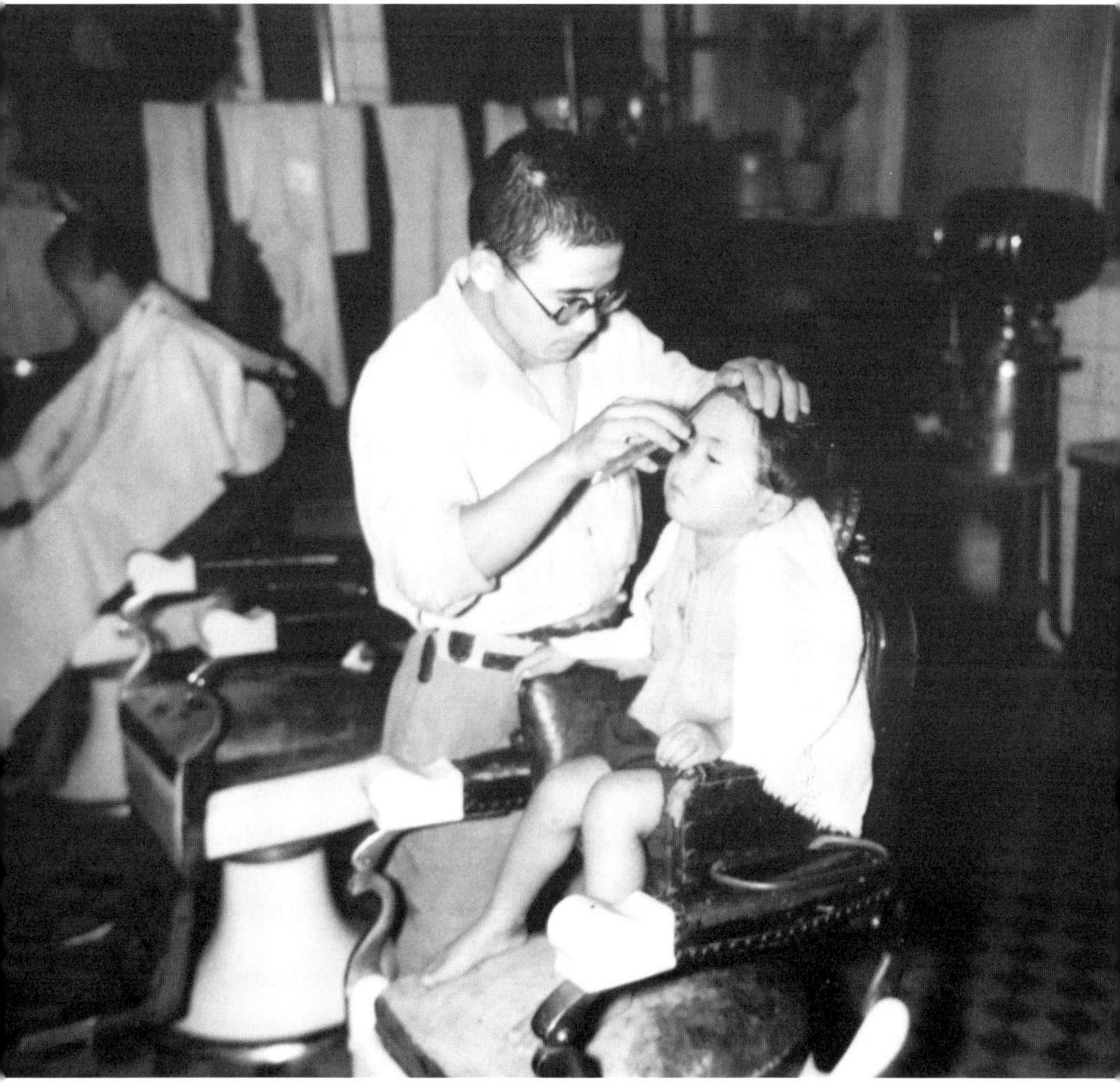

散髪する少女（福岡）
床屋で前髪を切ってもらう少女。中に入ったジョーは、子どもが女の子であったことに驚いた。ジョーは床屋に少女がいることに慣れていなかったが、床屋にはたばこを、少女にはチョコレートをあげると喜び、写真を撮らせてくれた。

運動会の観客（福岡）

ジョーが丘の上から撮影していると、近くのグラウンドで何かが行われていた。最初は軍隊の訓練かと思ったが、運動会だった。丘から降りると、大勢の観客が子どもたちを見守っていた。大人の男性はそこにはほとんどおらず、女性や子ども、ほんの一握りの老人しかいなかった。

運動会（福岡）
はしごを使って何かをする子どもたちを目撃したジョーは、このような光景を目にしたことがなく、思わず写真に撮った。

福岡の街並み

福岡の街並みを撮っている時、ジョーはひとつの行列に出くわした。好奇心をくすぐられ、列の先頭の方へ行ってみたジョーは最初、人々が映画の上映でも待っているのかと思った。しかし、実際にはパンが無料で配給されているのだった。人々はとても静かに、秩序正しく、一斤のパンを受け取っていた。

子どもたち

幼い子どもたちは満面の笑顔でカメラに収まった。

貧しくても元気に遊ぶ子どもたちの様子に、ジョーはしばしうれしくなった。

子守をする少女
赤ん坊を背負っている幼い少女たちの光景は、ジョーをとても驚かせた。彼女たちは不平一つもらさず、それが日常の仕事であるかのように受け入れていた。学校は空襲で破壊され、兄弟や両親が仕事や用事で出かけている間、子守を引き受けているのだった。

鼻をつく臭い

川岸の焼き場を撮るジョーの近くを、3 人の娘たちが通りかかった。焼き場からは肉や髪の焼ける臭いが漂い、気が滅《め》入《い》る。娘たちはショールや着物のたもとで鼻や口を押さえ、悪臭に耐えていた。

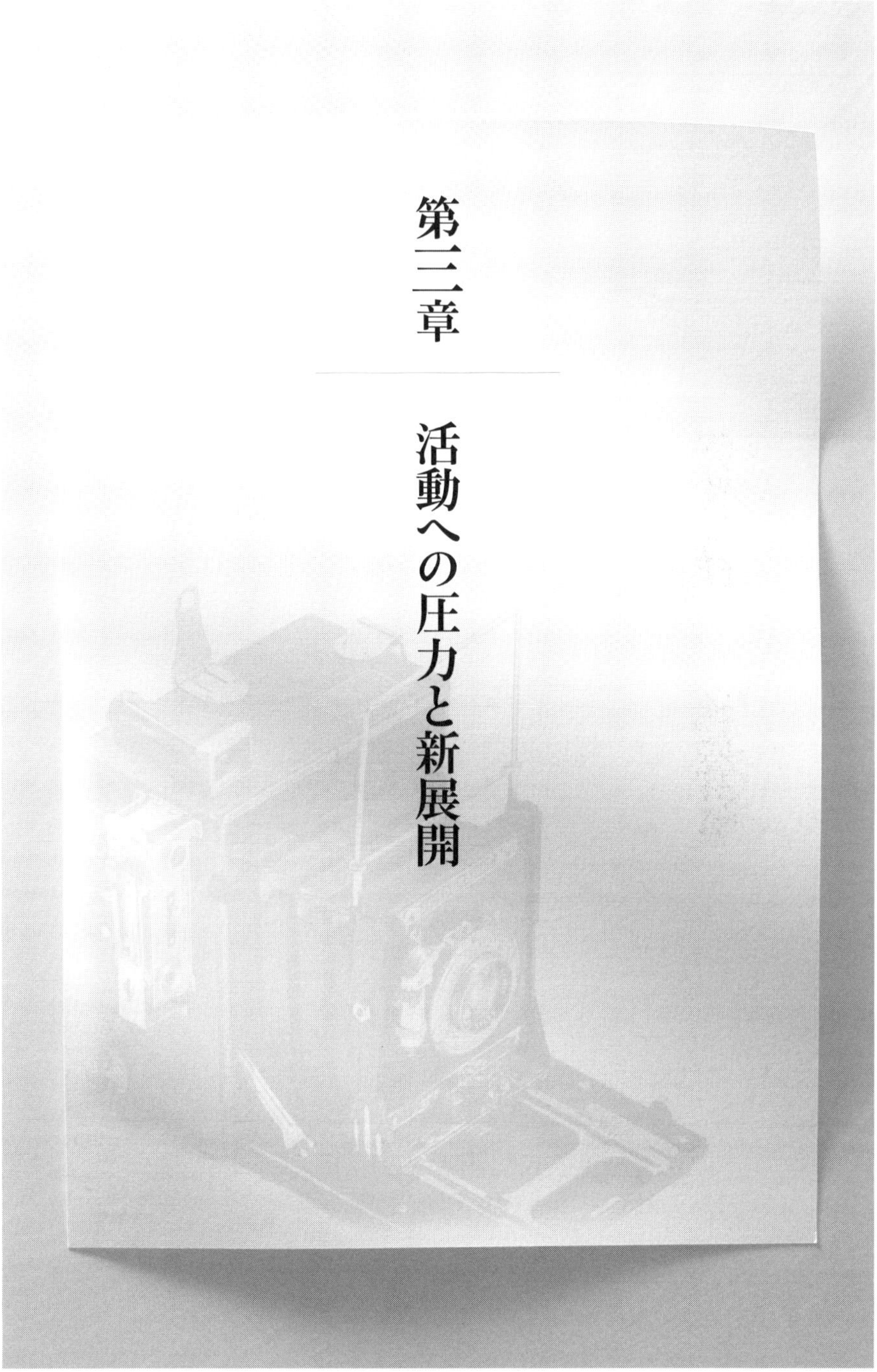

第三章

活動への圧力と新展開

スミソニアンでの写真展中止

日本各地での写真展、講演会が実り多いものとなり、ジョーの中では、アメリカに帰国した後の活動についても前向きな思いがあったようです。一九九四年八月の新聞に、スミソニアン博物館[註1]で、翌年の戦後五十年に備えエノラ・ゲイ[註2]を修復して展示することが決まった、と記事が載りました。ジョーには、「自分の写真もぜひ展示してほしい」という思いがあったようで、記事の二か月後、スミソニアンの担当者に連絡をし、写真展の段取りを決めようとしていたようです。しかし、すでに退役していたエノラ・ゲイのパイロット、ポール・W・ティベッツ・ジュニアが先頭に立ち、B―29の元パイロットたちと協力しながら八千人の署名を集め、「エノラ・ゲイの展示を肯定的なものにしてほしい」と要請しました。私がジョーから聞いたところによると、その頃のアメリカの風潮は原爆投下を肯定する退役軍人の勢いがかなり強く、一般市民の原爆に対する解釈は漠然としていたように思います。若い、戦争を経験していない世代の人々が、五十年前に日米間でそのようなことがあった、とすら知らないことに、ジョーが驚いていたのを覚えています。

「エノラ・ゲイ」という名は、ティベッツの母親の名前からつけられたそうです。彼は、「自分が遂行した任務は正しかった」と言い続けた人でした。「歴史はエノラ・ゲイを正当に扱っていない。汚名を着せられ間違った評価を受けている」と主張し続けました。日本がパール・ハーバーを奇襲攻撃したことによってすべてが始まった、人々は広島・長崎の悲劇を強調するが、原子爆弾によって戦争終結が早まり、多くの命が救われた、というのです。私は、後にこのパイロットが亡くなった時（二〇〇七年）のニュースを覚えています。テレビは、「原爆投下の任務を果たしたパイロット。最後まで原爆投下の正当性を主張し続けた退役軍人」と伝えており、軍人の頃の彼の写真が映し出されていました。何とも言いようのない気持ちでそのニュースを見ていたのですが、最後にキャスターが「多くの事情があり、混乱やトラブルを避けるため、彼の墓は造られません」と言った時、「ああ、結局はこの人も戦争の犠牲者だったのだ」と悟りました。自分の行為を正当化しなければ、生き続けることができなかったのだろうと思います。やはり、戦争による勝者などいないのではないでしょうか。何らかのかたちでみんな傷を負い、それを生涯背負っていく人生を選ばされるのですから。

一九九四年五月、スミソニアンは、当時の段階として五百ページ余りもの展示詳細を発表しました。すると、即座に軍関係者や退役軍人たちからクレームが上がりました。「広島への原爆投下がアメリカ側の非情な行為として扱われており、日本軍によるアジア各地での非人道的な行動やパール・ハーバーへの奇襲攻撃が引き起こした結果としての原爆投下、ということには触れていない。バランスが取れた展示内容ではない」というもので、これに対して、スミソニアン側も再考慮するということになりました。

ジョーが写真展の申し入れをして二か月後のことです。スミソニアンとの打ち合せも順調に進んでいたはずが、いきなり「写真展をキャンセルする」という知らせを受けました。ジョー自身とても理解に苦しみ、憤慨する日が続きました。どのような理由があっても、二十一万人以上の命を一瞬にして奪った原爆を美化することはできません。まして、その悲惨な現実をその目で見てしまった彼にとっては、過去を封じ込めるようなスミソニアンの対応には納得いくはずがありませんでした。

この件についてはすぐにアメリカの平和団体などから苦情が上がり、物議を醸すことになるのですが、結果としてはスミソニアンの再考慮により、アメリカ側から見た、原爆が戦争終結を早めたという展示に重きを置いた最終案にまとまりました。写真は、被爆者のイメージが入ったものは少なく、日本軍が犯した戦争犯罪などの資料の展示を増やし、原爆投下の正当性を強調するものとなり、翌年夏のオープニングを迎えることになりました。

原爆投下を正当化する風潮がまだまだ根強かった当時でしたが、その頃の新聞記事を見ると、「原子爆弾の使用は理由のいかんにかかわらずすべきではなかった」「二度と核戦争を起こさないためにも、自国が犯した間違いを認めるべき」との意見も少なくないことに気づかされます。スミソニアンで計画されていた最初の展示案では、日本人の戦争犠牲者の写真が四十九枚に対して、アメリカの犠牲者の写真は三枚。三百ページのテキストの中で、二発の原子爆弾の被害に関する内容が六十六件あるのに対し、日本軍の残虐行為に関する内容はたった三件であり、アメリカの正当性を支持する箇所はどこを見てもありませんでした。スミソニアンといえば、全米に系列の博物館、ギャラリー等をもつ、歴史と伝統のある組織です。退役軍人たちの反対意見を取り入れざるを得なかったのは理解できないでもありませんが、スミソニアンの本心としては、公平に歴史をひもとこうという思いで始めた計画だったのではないかと思います。ジョーとスミソニアンの担当者との間で交わされたファクスによると、現場の職員の方々は、最後まで、何とかしてジョーの写真展を組み入れようとしてくださいました。しかし結局は、幹部の決断によって削られた、ということのようです。恐らく相当の圧力がかかっていたのでしょう。この内容変更の事実を受けて、あるアメリカの平和団体は次のように述べています。

「今回の展示は、日本の攻撃的な行動に焦点を絞るのではなく、アメリカ軍が優位に立っていたにもかかわらず、それでもなおあの爆弾を落として戦争を終わらせた、という事実を見せるべきです。日本軍が犯した暴力行為を許すわけにはいきませんが、改正後の展示案を見ると、核兵器の使用を容認しているかのように思え、間違ったメッセージを発することになりかねません。特に、原爆投下の前に、すでに日本には降伏する意思があったことの証拠を見せる必要があります。広島・長崎の人々の写真を見せ、その写真そのものが語るようにするべきです。現在の段階では人間的な要素はあまり含まれておらず、日本人全体を憎い敵として捉えています。そうではなく、ワシントンDCにある合衆国ホロコースト記念博物館のように、一人一人の人間に焦点を当てて展示するべきです」

このような率直な意見を述べないまでも、アメリカの過去の行為を正当化するより、「原爆投下は人道的に間違っていたのでは」という考えをもつ国民が増えてきていることは確かです。ジョーが常に言っていたことは、「写真は嘘をつかない。自分の意見が写真に反映されることは避けたい。見た一人一人が何を感じ、考えるかが大切だ」と。いつの日か、スミソニアンも彼の意見に賛同し、変えることのできない過去の真実を、アメリカ国民に堂々と見せる時がくることを祈ってやみません。

出版社の無理解

日本での写真展が軌道に乗った一九九三年頃から、ジョーは「どうにかしてアメリカで写真集を出したい」、という希望を強くもっていました。恐らく三十社以上の出版社にコンタクトを取り、何とかして理解を得ようと頑張りましたが、その頃のアメリカはまだ、公に原爆のイメージを受け入れる体制は整っていなかったのではないかと思います。退役軍人たちもまだ六十代後半から七十代で、意気盛んに原爆投下の正当性を唱えていましたし、アメリカ自体が比較的安定した時期に入っており、国民の生活に対する危機感や平和を熱望する気持ちが揺らいでいた時だったのかもしれません。経済的にも、クリントン大統領（当時）の手腕もあってか、落ちついた豊かなアメリカ大国という感があり、さほど過去の悲劇を持ち出す必要性に迫られていなかったと言えるでしょう。そんな中での広島・長崎の写真集の出版は、多くの出版社にとってさほど興味を引くものではなく、利益面でも肯定的に受け止めることは難しかったと思います。

一九九三年に、ケンタッキー州にある出版エージェントの協力を得てジョーが各出版社に送った企画提案書には、次のように書いてあります。

「この企画、『Under the Mushroom cloud（きのこ雲の下）』では、以下のような内容を考慮しています。

写真はすべてオリジナルのネガからプリントしており、歴史的にもユニークで貴重なものです。一九四五年の秋、アメリカ軍は、日本で撮影された写真は没収し、アメリカ人が戦後の荒廃を写真に撮ることも固く禁じていました。現在、オダネルは当時の写真を整理し、写真集を出版すべく企画書を作成しています。その内容は論争的かつ繊細で、感情的、そして人間的とも言えます。構成は次のようなものです。

【写真】　書籍全体の五十パーセントは、白黒写真とそのキャプションで占めること。

【仕様】　ページ数は約百八十ページ。大きさは十二×十二インチ（三十・五×三十・五センチ）か、それ以上。三百数十枚の写真の、少なくとも三分の一は使用する。

【テキスト】　キャプションをのぞいて、他の半分は感情を揺さぶるような写真に基づいた、短めの物語形式にする。この約五万語のテキストは、時代に沿って載せる。読み手が、若いオダネルの戦後日本での行動を追いやすくするためである。

【プロローグ】　オダネルの二十年にわたるホワイトハウス付きカメラマンとしての経験を記し、戦後日本での活動とのつながりを表現する。

【エピローグ】　オダネルが一九九二年に再び日本を訪れ、十二の都市で写真展を行ったことの詳細を加え、話の幅を広げる」

彼は細かいプランを練って各出版社にコンタクトを取り始めました。すぐに返事が来るわけではなく、原案に目を通してから回答が出るのに数週間はかかっていたようで、複数の社に同時に接触を試みていたようです。ジョーとしては、アメリカに限らずカナダ、フィリピンなどにも幅を広げたいと望んでいましたが、どこの出版社からもいい回答を得ることはできませんでした。

ある社の回答です。

「『きのこ雲の下』の原案を送ってくださりありがとうございます。とてもパワフルな題材ですが、出版することはできません。わが社では多数の写真が入った出版物を取り扱うことは差し控えております。他にどこか適切な出版社に巡り合えますよう、願っております」

他の社からは、

「残念ながらわが社では、現段階でこのようなプロジェクトを成功に導くことは困難であると判断しました。とりあえず、わが社の一九九二年秋冬のカタログをお送りします。ごらんのように、私どもの専門分野は歴史、交通、ガーデニング、クッキングです。これらに関する本を出版希望の際は、ぜひご一報ください」

また他の社は、

「ジョー・オダネルさんの写真集の出版申し出をありがとうございます。この企画にメリットはあると思いますが、私どもの現在の出版計画範囲内ではできかねるとの判断をいたしました。どこか、この企画に合った出版社を見つけられるよう祈ります」

三十以上もの出版社に「ノー」を突きつけられ、続けざまに拒絶されることは、ジョーにとって想像以上にストレスのかかる苦しい作業だったのではないでしょうか。彼は、「アメリカは一九四五年に日本で起きた事実を見たくないのだ」と、怒りにも似た感情を抱いていたようです。「ここまでやったのだから」とあきらめても、誰も彼を責めることはできないと思います。しかしジョーは、そこであきらめることはしませんでした。あの人は、途中であきらめる、投げ出すということをとても嫌う人でした。自分が正しいと思ったら、どんなに反対されようとも、どんなに困難なことが待っていようとも、突き進む人でした。はっきりものを言うので敵をつくる機会も多かったのですが、あの人の人柄なのか、心底嫌われるということがありませんでした。「自分がこの世で最後の一人になっても、正しいことは正しい」という彼の姿勢は、隣で見ていてとても新鮮で清々しいものでした。私も自分の意見を通すほうなのですが、「この人には勝てない」と常々思ったものです。私が尊敬してやまないのは、彼はただやみくもに自分の主張をしたわけではなく、その背景には人間に対する深い、本当に深い愛情がありました。自らが苦しみ抜いたからこそたどり着いた、人間としての深み。それを持ち合わせた者だけが、他者の共感を呼び起こすような行動ができ、心に響くことばを発することができるのだと、私はあの人を通じて学ぶことができました。

自費出版

何十社にも断られた後、ジョーがたどり着いた結論は自費出版でした。完成したのは小さいパンフレットのようなもので、表紙には『Ground Zero』、裏表紙には「爆心地」と書かれていました。表紙と裏表紙は長崎の惨状を写した一枚の写真を見開きにして使用し、開くと十八ページにわたって白黒写真が載っています。キャプションは日本語と英語で書かれました。値段などはつけておらず、写真展・講演会での配布や、彼が出会う一人一人に手渡しました。この本が作成されたのは一九九四年。アメリカで写真展を始めた一九九〇年から、マネジメントやキャプション制作などに携わってくれていたジェニファー・オルドリッチさんの協力のもと、地元の日本人の方々、ラマーズ夫妻、翻訳家の平岡豊子さんたちに助けられてできあがりました。手作りらしい真摯な姿勢が伝わってくる、熱い思いに満ちた本です。

ジョーが『Ground Zero』の出版準備をしていた時、日本の小学館から本を出版することがすでに決まっていました。アメリカでの出版がだめならと日本で試みたところ、承諾を得ることができたのです。それでも、一刻も早くアメリカで本を出したいという気持ちがあったのでしょう。この小さな本の中には、その頃のジョーの複雑な心境、苦しみ抜いた葛藤、将来に向けての希望などが凝縮されています。彼はどこへ行くにも、この本を持参していました。病院に検診に行けば看護師たちやスタッフに配り、同年代の人々と知り合いになれば、その当時の思い出話のついでに本を見せていました。学校での写真展、講演会であったり、街の小さなモーテルでの展示だったりと、決して派手な活動ではありませんでしたが、会う人一人一人に丁寧に話しかけ、自分が見て体験したことを、まるで昨日のことのように語って回りました。決して押しつけがましくするのではなく、淡々と、自分の見たことを説明するといったかたちでしょうか。あの人は、自分の意見を相手に押しつけるということはしませんでした。写真展を開くに当たっても、写真を見た各自が判断すべき、という思いが根底にありました。そのような彼の人柄が反映されたがゆえに、今なお写真展が続けられているのだと思います。

日本での写真集出版

パンフレット完成の翌年、一九九五年に小学館から写真集が出版されることになるのですが、そのことが正式に決まった時のジョーの喜びようはたいへんなものでした。この頃には、私はファクスでの文通を通してジョーとかなり親しくなっていました。彼はファクス何枚にもわたって得々と出版決定の感激を書き、毎日のように送ってくれたものです。その時の気持ちをジョーはこのように書き残しています。

「私が今までやってきた講演会や写真展は、池に小石を投げるようなものです。その小さな石からさざ波が立ち、広がり、岸にたどり着くまでに大きくなっていきました。もしあなた方が私と共に小石を池に投げたなら、それは次第に大きくなり、津波のような大きさの平和につながっていくことでしょう。この本が、少しでも多くの人の目に留まり、一九四五年八月に起きた真実を伝えていくことを望みます」

本のタイトルは『トランクの中の日本――米従軍カメラマンの非公式記録』となり、一九九五年六月十日に初版発行の運びとなりました。表紙は白地に日の丸の赤がポイントになっており、私としては、シンプルで洗練されたデザインの本だと思います。帯には「〝核と戦争を考える〟ロングセラー写真集」と記載されていますが、アメリカ人の写真家が撮った広島・長崎の写真というのは、恐らく世界に一つなのではないでしょうか。原爆を投下した国の人間から見た当時の日本、また国境を越え、一人の人間として捉えた原爆投下後の広島・長崎の様子を伝え続けることは、日本にとってはもちろん、世界の歴史の一部として残していかなければならない写真集、証言集であると思います。内容としては、佐世保に向かう船上の様子から始まり、ジョーの足跡を追いつつ、帰国命令によって日本を去るところまでを写真とキャプションで解説しています。まるで、ジョーと共にその時代の数か月を旅したような気分にさせられるのは、私だけでしょうか。

本の初めには「読者の方々へ」とあり、なぜ彼が終戦直後の日本を忘却の彼方に押しやることができずに、トランクからネガを取り出して活動を始めたか説明をしています。彼は自分の葛藤を正直に伝えようとしていました。弱い自分、苦しみにさいなまれて逃げだそうとしていた自分を、包み隠さず表現しています。写真が嘘をつかないように、この一人の人間の証言にも、真実を曲げてよく見せようとする箇所はまったく見当たりません。彼は物事をはっきり言う人でしたが、同時にたいへん繊細な部分も持ち合わせた人でした。生まれながらの写真のセンスからいっても、複雑な気持ちの葛藤に悩まされたことは、容易に理解できます。ですから、弱い立場の人、苦しんでいる人々の気持ちを理解することは、彼にとってはそう難しくはなかったようです。彼は政府付きの写真家として大統領や世界のＶＩＰと接する機会が多かったわけですが、表面的な要素に惑わされることがなかったように思います。それはやはり、広島・長崎での経験が、彼のその後の人生に大きな影響を及ぼしていたからではないでしょうか。もちろん、彼の生まれながらの気質や、アイルランド系のカトリックの家に生まれたという背景もあるかとは思いますが。

本の話に戻りますが、私自身、白黒写真の印刷の仕事に携わっていたからわかるのですが、写真一枚一枚の質の高さに関心させられます。オリジナルの四×五インチ（十・二×十二・七センチ）のネガからプリントされたものを使用するのですから当たり前ではありますが、黒の部分が本当に高質の色に仕上がっており、恐らく何十年たっても変わらないイメージとして残されることを考えると、小学館さんに感謝の気持ちでいっぱいです。初版が発行されて以来、広告宣伝にも力を入れてくださったおかげで、多くの人々の目にとまることができました。同じ年の九月には、「週刊ポスト」で次のように評価されています。一部抜粋します。

「廃虚と化した広島、長崎の街――トランクの中の日本

被爆直後の焼けただれた広島、長崎と、そこでかろうじて生きている日本人の姿を、進駐軍兵士の一人が、駆けずり回ってカメラに収めていた。彼は廃虚の現実と、敗戦した国民の悲惨と、そしてそのただ中でも見られる日本人の人情の生き証人であった。しかし彼は、検問を避けて持ち帰った自分のネガと強烈な記憶を、忘却の中に閉じ込めようとトランクの底に収めて封印し、それから半世紀が通過した。戦後五十年を迎えるこ

日本で開催された写真展・講演会（1995 年）
来場者の求めに応じてサインし、握手するジョー。彼は写真展の会場で来場者とふれ合うのが好きなようだった。体調が優れず、途中で退場しなければならないこともあったが、並んでいた人が100 人ほどいたとしても必ず一人一人に握手をしながら挨拶をして帰った。

の頃、戦争の記憶は薄らぎつつあるのみならず、過去の現実をゆがめるような発言や言い逃れが横行している。…しかし、今これらの映像を、日英両文で記されている撮影者本人の解説あるいは思い出とともに、この写真集でじっくりと味わうがよい。戦争とは何か、原爆とは何か、人間とは何かがおのずから心に伝わってくるであろう。

…原爆の悲惨と戦争の虚《むな》しさの証人となったこの若きカメラマンは、今では平和の使者として生き続けようと決意する。それがこの写真集のメッセージである」

（「週刊ポスト」一九九五年九月一日号）

たいへん的確にこの写真集を表現した記事だと思います。海兵隊カメラマンであった若きジョー・オダネルの、日本滞在の数か月間、アメリカ軍の兵隊である前に一人の人間であり続けた証《あか》しが、この写真集です。繊細で思いやりにあふれた彼だからこそ撮ることができたイメージの数々。人間であるとはどういうことかが、おのずと明らかになる本と言っても過言ではないと思っています。

教科書への写真掲載

日本での本が出版され、善隣館の山崎さんのマネジメントのもと、写真展や講演会の数も増え、活動の広がりを実感した頃、また新たな分野でジョーの写真が用いられることになりました。日本の教科書会社「学校図書」が作る二〇〇二年の教科書に、ジョーの「焼き場に立つ少年」の写真が掲載されることになったのです。これは、日本で開かれる写真展に向けてジョーにインタビューした上田勢子さんがまとめた文章が、教科書検定に合格したのでした。このことは本当に大きな転機だったと思います。これを機に、多くの出版社やメディアなどから写真使用の要請がくることになったのですから。

カリフォルニア在住で、通訳として活躍しておられた上田さんは、日本での写真展や写真集の企画などに携わっていました。その時の写真展は、「写真が語る二十世紀　目撃者」展と題し、二十世紀に活躍した世界の写真家の作品を中心に約三百点を展示したもので、上田さんは展示作品のうち、米国からの約百点を集める作業を担当しておられました。そのうちの一枚が「焼き場に立つ少年」で、上田さんは展示会場での説明とカタログ制作のためにジョーに電話でインタビューをし、その内容を日本に送ったのです。当時のことを、上田さんは次のように語っています。

「オダネルさんから送ってもらった写真は二日間、まっすぐに見ることができなかった。写真を見たとき、自分の子どもたちの姿と照らし合わせたり、父親が子どもだった頃の時代を思い浮かべ、インタビューはとてもつらかった」

この朝日新聞社による「写真が語る二十世紀　目撃者」展は、一九九九年六月十一日から七月二十五日まで、東京の渋谷で開催されました。同紙に掲載された展示会直前の案内記事（六月九日掲載）には、「目撃者」展で展示される約三百点の作品のうち数点がフォーカスされ、紹介されています。

「一九一八年――戦車や飛行機、機関銃、毒ガスなどが開発され、その実験場として戦争が様変わりしたのは第一次世界大戦から」

「一九四九年――敗戦後、シベリアに抑留されていた旧日本軍の兵士、軍属、民間人二千人を乗せた復員船『高砂丸』が舞鶴に帰ってきた」

「一九八八年――連行された息子たちを帰してくれとイスラエル兵に訴えるパレスチナ人の女性たち」

「一九八九年――若者たちが振るうハンマーで東西対立の象徴だったベルリンの壁があっけなく崩壊した」

「一九九七年――湾岸戦争の米軍機空爆の模様は、テレビで実況中継のように流された。爆撃の傷跡は、六年たっても残されていた」

そして「忘れない」という見出しのすぐ下には、「焼き場に立つ少年」の大きな写真が載せられており、

「一九四五年――焼き場に立つ少年。撮影したカメラマン、ジョー・オダネルは言う。『背筋が寒くなるような光景だった。この少年は今、どうしているのだろうか』」

とあります。二十世紀を振り返った時に、この少年が象徴となってしまう悲しい事実を受け止めざるを得ないのは本当に残念なことです。もちろん将来に希望を与えるような出来事も数えきれないほどあったのでしょうが、大きな流れとして見た二十世紀が、決して肯定的に捉えられるものでないのは、記事中のそれぞれの写真が物語っています。特に戦争が激化するにつれ兵器や運搬の開発に躍起になった結果、人間性を失いかけるような悲惨な武器が生まれ、そして多くの場合犠牲になるのは、戦争とは何の関係もない子ども、女性、老人たちであるということに正直絶望感を覚えます。けれども、今を生きる私たちにできることが、まったくないとは思いません。とにかく語り続けなければならないのです。広島・長崎に限って言えば、当の原爆を体験した被害者の方たちが語ってくれた体験談に共感したことを忘れることなく、次の世代に伝えていく義務が私たちにはあります。いずれ戦争体験者、被爆者の方々はこの世を去ります。残された私たちがどのように先人たちの体験談を語り継いでいくか、戦争の悲惨さを伝えていくかを模索しなければならないと思います。

この「目撃者」展について書かれた朝日新聞の記事に、当時の同紙論説委員だった方のコメントがあります。「見すえて想像して」というタイトルのこの記事は、私の共感する多くのものが含まれています。

「少年が直立不動の姿勢で立っている、この一枚の写真を、まずしっかりと見据えてもらいたい。このなかに、二十世紀のすべてが、そして世紀を超えて続く、人間というものの、哀しさと崇高さが、表れているのだから。

…神は、この一枚の写真を人間に撮らせるために、戦争を人間に与えたまいしか？神は同時に、人間に、想像力という無限の能力をも与えてくれたのである。もしも、この少年がわたしだったら、と想像してみることはおかしいか。あのとき、広島、長崎ではなく、他の都市が原爆投下地に選ばれていたなら、この少年ではなく、ほかの、たとえばわたしが火葬場の穴のへりに立つことになったかもしれない。二十世紀の目撃者である多くの写真は、それを見る人々が、想像力という、人間の最も素晴らしい能力を十分に働かせたときに、初めて歴史としてよみがえるのである。ここに展示されている写真は、ただそれだけではまだ完成品ではない。見る人の精神のなかで、想像力が生き生きと広がっていった瞬間に、初めて完成するのである。…伝えられたものを、未来のために用いるのは、いまを生きるわたしたちの責務なのである。ここに示された何枚もの写真を、責務を果たすために直視した瞬間、わたしたちは、絶望から希望への第一歩を踏み出したことになるはずである」（「朝日新聞」一九九九年六月九日）

ジョーは、学校の教科書に写真が掲載されるということに深い感慨を覚えたのではないかと思います。常々、「若い世代に、過去に起きた出来事の一部として正確に広島・長崎が伝われば、平和な未来につながるはず」と言っていました。「歴史を自分の国の都合で曲げて伝えることはいけないこと」「過去の失敗から学ぶことはたくさんあるはず」との信念をもっていたので、日本のみならず、アメリカでも積極的に学校でのこまめな写真展、講演会を希望していました。彼の平和な未来へのメッセージには、「ノーモア広島」「ノーモア長崎」だけでなく、「ノーモア・パール・ハーバー」も入っています。「アメリカ人だから」「日本人だから」という枠を超えて、「人間だから」という視点で活動を続けてきた彼にとっては、国の都合で歴史を変えることは、決してよりよい未来をつくることにはつながらないと思っていたはずです。ですからこの教科書掲載の出来事は、その後の彼の活動の原動力になったと信じています。

ドキュメンタリー撮影

確か二〇〇〇年、友人二人を連れ、ジョーと四人で日本に観光旅行をしていた時だったと思います。ある日、宿泊していたホテルに、田口和博さんというテレビのプロデューサーの方が訪ねて来られました。田口さんはジョーのことを十年前に知り、それからずっとご自分の中で企画を温めてこられたそうです。長崎出身で、原爆で二十四人の家族、親戚を亡くされていると聞いて、ジョーに対する思いの深さに納得しました。短い時間ではありましたが、ドキュメンタリー番組を作りたいと熱心に語られる彼の姿にジョーも好感をもち、ぜひお願いしたいという感想を伝えて別れました。

それからはメールなどで連絡を取りながら、着々と撮影の準備が進んでいき、ジョーは日本のテレビ局が自分の番組を作ってくれるということで、その頃は妙にうきうきした感じで弾んでおりました。地元の友人たちにも、「日本からゲストが来るから紹介するよ」と触れ回り、病院に行けば、看護師や医師たちにまで言って回っていました。昔覚えたであろう片言の日本語の練習まで始め、まるで初恋の人にでも会うかのような張り切りぶりで、隣で見ていてもほほえましい限りでした。

そして撮影のために田口さん、カメラマンの夏海光造さん、助手の渡辺勝重さんの三人がナッシュビル入りし、早速撮影が始まりました。ジョーは日本風に飾りつけられた居間のいすに座って淡々と昔のことを語り始め、私は夏海さんと渡辺さんの三人で、狭いバスルームの暗室で写真の現像の過程を撮ったり、家の外を案内したりと忙しく動き回っていました。

アメリカ、ナッシュビルでの撮影が終わり、次は長崎に行っての撮影でした。ジョーは一九九〇年代の初期に日本で写真展を始めてから、長崎には一度足を踏み入れていますが、撮影で過去の足跡をたどる旅となると、また違った気持ちでの再訪だったのでしょう。一九四五年当時に見た長崎の面影はどこにもありませんでしたが、かつて写真を撮ったはずの場所を訪れ、その時の写真と今の風景を比べてみたり、彼の撮った写真の中では小学生の子どもだった人たちとの出会いがあったりと、彼にとっては複雑な、しかしある意味心温まる旅であったと思います。当時の子どもたちに会えるというので、ハーシーチョコレートとチューインガムを購入し、彼らと再会してすぐ、一九四五年当時のように「チョコレートー、チョッコレートー」と言いながらうれしそうに各自に渡していました。その時の彼は、二十三歳の若者の姿に戻っていたのです。この世のものとは思えぬ荒れ果てた荒野に立ちながら、人間としての思いやり、優しさを忘れなかったこの元海兵隊員にとって、その後の四十五年間はどれほどつらかっただろうと思うと、やりきれない気持ちに襲われたことを覚えています。

この撮影中に起きた出来事で、今でも私の心に重くのしかかっていることがあります。それは、ジョーが一九四五年当時に寝泊まりをしていたという長崎のカトリック教会での撮影が始まってすぐのことでした。教会の中に足を踏み入れた瞬間、何の前触れもなく、ジョーの口から嗚咽《おえつ》が漏れ始めました。それは一向に止まることがなく、私たちはいったん撮影を中断し、彼を建物の脇に連れて行って段に座らせ、気持ちが落ち着くのを待っていました。その時私は、二十三歳で戦争の何たるかもわからずに、暗い渦に巻き込まれてたたずむ海兵隊青年の姿をかいま見たように思いました。私には手を差し伸べるすべもなく、ただただ戦争のもたらす罪の深さに戸惑うばかりでした。戦争を経験したことのない私が、「どんな理由があれ、戦争はすべきではない」と心に刻んだのも、その時だったと思います。

　長崎入りして最初の頃はジョーの体力を懸念していましたが、旅の後半には自分でバスの乗り降りができるようになり、撮影クルーのみなさんとも楽しい会話ができました。ジョーにとってはかけがえのない経験をさせていただいたと、感謝の念でいっぱいです。今考えてみれば、あの時の彼の体調で、よく二週間の、しかも日米をまたにかけた撮影ができたものです。見えない力に支えられていたとしか言いようがありません。この旅によって、ある意味、過去の忌まわしい出来事に終止符を打つことができたのではないかと思います。りっぱに再生した長崎の街を歩き、原爆投下後の街の目撃者との再会を果たし、崩れかけた教会で寝泊まりした当時の経験を修道女の方々に語る機会も頂き、充実した時が与えられたのですから。

　このドキュメンタリーは「原爆の夏　遠い日の少年」と題され、二〇〇四年の二月に放映されました。この番組の主な目的は「焼き場に立つ少年」捜しの旅で、ナッシュビルでの日常風景から始まり、その後日本に飛び、佐世保、福岡、長崎を六日間かけて回りました。少年の足跡が見つかることを期待しての旅でしたが、残念ながら明確な情報は得られないまま終わってしまいました。しかし新聞などには丁寧に取り上げられ、番組を見た視聴者の方々からの反応もたくさんありました。

ジョーの最後の訪日は二〇〇五年でした。その時は名古屋にある私立南山《なんざん》高等・中学校に招かれ、講演会を行うことになりました。ジョーは、一九九〇年代終盤に引き続き二度めの脳卒中を起こしたあとでしたので、決断に時間がかかりましたが、神父様や先生方の熱い思いに応えたい一心で、お引き受けすることになりました。真剣に平和を考える生徒たちの姿勢に、かえってこちらが多くを学ばせていただいた、というのが率直な感想です。日本の教育の場でもっとこのような機会が増え、これからを担う若者たちに平和を望む心が根づいてくれることを願うばかりです。

海兵隊の中には、日本上陸後、美術品や金目の物を盗むやからがいたといいます。ジョーはその人物を覚えており、たまたまその人が写っている写真を見ては、「こいつは日本人の物を盗んだんだ。どうしようもないやつだった」と憤慨していました。最近つくづく思うのですが、世の中いろいろな人間がいるものです。昔、「十パーセントが聖人、十パーセントが悪人、残りの八十パーセントが凡人」ということばを聞きました。歴史を振り返ってみると、ほんの一握りの悪人のために、何の関係もない多くの人々が翻弄されることが多いような気がし

名古屋の南山高等・中学校で生徒らと（2005 年）
同校からの招待が、最後の来日となった。「焼き場の少年」のパネルを手にするジョー。
真剣に耳を傾ける生徒たちに心打たれる経験だった。

ます。ホロコーストにしても、原爆投下にしても。中間にいるわれわれ「凡人」がもっと声を上げていかなければ、この世の中は変わらないのではないでしょうか。

アメリカでの写真集出版

ジョーは、日本での活動が根づいてきたことを実感しつつあったと思います。順調に活動は広がっていましたが、あの人には、「これで終わり」ということがありませんでした。日本から帰ってきてほっと一息つくひまもなく、アメリカでの展示場を探す作業に専念したり、「アメリカで正式に本を出版したい」という意思も堅くもっていました。まったく精神の衰えというものを感じさせず、下手をすれば私のほうが若さを失いかけていた場面もあり、彼の精力的な活動に励まされたことも一度や二度ではなかったのです。

二〇〇五年、念願だったアメリカでの写真集出版が実現しました。この頃ジョーは二度めの脳卒中を煩った後で、ことばを発するのが困難になっていたのですが、アメリカでの本の出版が具体的になるに従って、喜びの表情を隠しきれないといった様子でした。きっかけは、同じ教会員のファーマン・ヨークさんから「ジョーの写真集を出すのはどうか」という提案を受けたことだったのですが、その時真っ先に私の頭に浮かんだのは、一九九〇年頃にジョーが経験した出版社などの対応の悪さでした。どこの社からもよい返事はもらえずに、うっぷんの溜まっていたジョーのことを思うと、安易に「それはよい考えだ」と答えることにはためらいがありました。提案があった時は、当時から十三、四年がたっており、積極的に戦争に参加する米政府への世論の反発も色濃くなっていました。広島・長崎の歴史的な位置づけも少し変わってきていることは肌で感じていましたが、それでもやはり、原爆を投下した国で公に写真集を出すということは、リスクを冒すものであることに変わりはありません。ヨークさんは自ら出版関係の会社を経営していたこともあって、そのあたりには精通しており、外交的な性格も手伝って、いろいろな出版社に当たってくださいました。初めのうちはやはりよい返事が受けられず、その報告を受けるたび「やっぱりそうか、無理なのか」と意気消沈していました。ヨークさんはそんな私を励ますかのように、「今始まったばかりだ。これから必ずいい方向に向かう。時間がかかっても絶対にあきらめない」と不思議な自信に満たされており、そんな彼を見ると、こちらも「あきらめずに頑張ろう」という気持ちにさせられたものです。

一年と数か月が過ぎたある日、ヨークさんが目を輝かせながら私に報告してきました。地元にあるヴァンダービルト大学出版会がこの企画に興味を示したというのです。ヨークさんは州外のいろいろな出版社を当たっていたようなので、まさか地元の、しかも全米でも有名な大学の出版会が積極的な態度を見せたことに、私は正直言って驚きました。とにかく一刻も早くその出版会のスタッフと話がしたい、この機会を逃したくないと、早速その日からプレゼンの準備に忙しく時を過ごしました。すべての写真は私が一枚一枚丁寧にカスタムプリントし、キャプションに関しても隅から隅まで何度も確認をし、編集長とのミーティングの日を心待ちにしたものです。

しかし、本当にこの話がスムーズに進むのか、という不安はどうしても払拭できずにいました。ですから、この件がだめになっても落ち込まないように、自分なりに次のステップを構成していました。けれどもこのような心配をよそに話はとんとん拍子に進み、時代は確かに変わりつつあることを実感したものです。ジョーも、具体的な交渉や印刷、編集のこまごました作業に意見を述べることは、脳卒中による言語障害のためにできませんでしたが、必ず会合には参加し、私たちの一挙一動を見守っていました。ついに念願だった本がアメリカで出るという夢のような事実に、どれだけの喜びを胸に秘めていたことでしょう。私たちは、ヴァンダービルトの鷹揚《おうよう》な対応に感謝しながら、ジョーの著書『Japan 1945』出版の日を迎えることができました。出版披露パーティーも、大学長のリードのもと盛大に開いていただき、ジョーはあきらめずに闘い続けることの大切さをかみしめていたに違いありません。

その後の本の評価も、肯定的なものとして教育関係の雑誌などに掲載されました。何と言っても、「アメリカの図書館に置くべき一冊」としてこの『Japan 1945』が選ばれたことは、予想だにしなかった大きな喜びとなりました。ジョーがトランクを開け、そこから一歩一歩進んできた歩みが、ここで大きな実りをもたらしたということを本人も実感していたはずです。ある日本語研究のジャーナルには次のように紹介されています。

「『Japan 1945』
アメリカ海兵隊カメラマン、ジョー・オダネルの爆心地での写真記録。ヴァンダービルト大学出版会。ナッシュビル、二〇〇五年、八十七ページ。
この本の初めに、マーク・セルデン[註3]はこう書いている。『ジョー・オダネルの写真は、最初のアメリカ人が見た原爆投下によって破壊された広島・長崎、そして佐世保の様子を語っている。一九四五年九月二日に日本に上陸してから撮影された七十四の写真がここに含まれている。これらのイメージは、これまでに例のないような荒廃、人々が日々の生活の中で人生を立て直そうとする姿（米の収穫、母と娘の写真、学校の運動会など）である』」（著者訳）

また、大学関係の出版図書の、「多方面から見た核の時代の記録」五冊の中の一冊に選ばれ、そのことに関する記事の序文にはこのように書かれています。

「六十年前、七月の半ば、初めての実験用の原爆がアメリカの砂漠で投下されました。そして一九四五年八月六日、ポール・ウォーフィールド・ティベッツが、『リトルボーイ』という原子爆弾をエノラ・ゲイと名づけられた飛行機から投下し、三日後、チャールズ・スウィーニーがボックスカーという飛行機から、『ファットマン』という原子爆弾を長崎に投下しました。それぞれの都市で何万、何十万という人間の命が一瞬にして消えました。そしてさらに多くの人々が、放射性物質を浴びてゆっくりと、苦しみながら死んでいきました。原子爆弾はこの地球上の命を変えてしまったのです」

（「Preston Country News & Journal」二〇〇五年八月七日、著者訳）

この頃から、アメリカは歴史の中での原爆の位置づけを積極的に始めたのではないでしょうか。多方面から、いろいろな分野の専門家による本の出版が増え始め、それを評論家たちが論議し合う。一昔前にはなかった光景です。もちろん、原爆投下の直後からそれに関する出版物はあったのでしょうが、学生たちの間でオープンに討論できる資料としての本が増えてきたのは、ごく最近のことのように思います。過去に起きた出来事、真実は一つですが、それをどのように受け止めるかは私たち一人一人の捉え方、考え方によって違ってきます。その部分の自由を奪うことは、共産主義に陥る危険性があります。あくまでも個人の意思、感性を尊重しながら、歴史の中で繰り返される悲惨な出来事について話し合う場をつくったり、それに関する出版物を若い世代に提供したりすることは、その歴史の中にいた者たちにとっての責任と義務なのでしょう。ジョーが写真展や講演会を繰り返しながら、本の出版を強く望み、一人でも多くの人たちに自分の体験を語らなければならないと懸命に働きかけたことは、これからのよりよい未来のための小さな礎となったと私は思いたいのです。

「平和な世界を築くためには、核という、人間の造った恐ろしい兵器を取り除かなければ、また同じ間違いを犯してしまう」「核爆弾の上には、平和な未来を築くことは不可能である」という信念をもちながら共に歩み始めたわけですが、当初、受け入れてくれる場所のないいらだちにやる気を失いかけたり、あきらめの気持ちが生じてくるのも数え切れないほどありました。そこで私たちを支えてくれたものは何だったのか、強い反対に遭いながら「それでもなお続けていかなければ」と、私たちの背中を押した存在は何だったのかと今振り返ると、やはりそれは信仰に他なりませんでした。その時は夢中で事に当たり、挫折し、落ち込み、目を背けたくなることの繰り返しでも、必ずそこには必要なこと、助けとなる人々が与えられ、くじけそうになる気持ちを再び奮い立たせてくれました。

註

1　アメリカを代表する科学、産業、技術、芸術、自然史の博物館群・教育研究機関。

2　広島に原爆を投下した爆撃機。パイロットであるポール・ティベッツの母の名からつけられた。

3　米コーネル大学教授。社会学者、歴史学者であり、沖縄米軍基地、東ティモール、原爆等の問題に関する著者多数。日本とアジア太平洋に関するウェブジャーナル「ジャパン・フォーカス」のコーディネーター。

第四章

夫婦として、同志として

ジョーとの出会い

私が教会に通い始めたのは二十代後半の時で、三十歳の直前に洗礼を受けました。その頃には神の存在を肌で感じるようになっており、日常のいろいろなことを、まるで会話をするように神に祈っていました。当時の私の一貫した願いは、「私を心の底から必要としてくれる人を与えてください」というものでした。後のジョーとの出会いは突然の出来事、まるで予期しなかった出会いとして私の目には映ったのですが、今振り返ってみると、見事なほどに私の祈りが神の耳に届いていたことを認めざるを得ません。

時は一九九三年十一月、街は年の瀬を迎えようと、慌ただしさを増していました。私の所属する若松栄町教会（福島県会津若松市）は、創設百年の大きなイベントに向け、それぞれの信徒が思いをもって準備していました。私は、比較的若く、動けるといった理由でしょうか、「百周年実行委員長」という肩書きを頂き、週末に迫っていた元米軍兵士による写真展の最後の詰めに追われていました。牧師館（牧師の住まい）でちょっと一息ついていた時、ガラッと正面玄関のドアが開き、黒のスーツを身にまとった白髪初老のアメリカ人が静かに入ってきました。私には日常最低限の英語の知識しかありませんでしたが、「こんにちは、お疲れ様です」

というような挨拶を交わしました。そのアメリカ人が私の頭に大きな手をそっと乗せた時の、ふわっとした温かさを昨日のことのように覚えています。この人が、カメラマンのジョー・オダネルさんだということはすぐにわかりましたが、ことばの違いもあり、ほとんどの場面では片岡謁也《えつや》副牧師（当時）の奥様である輝美さんの通訳を交え、公務的な関わりに追われた二週間でした。それでも私の中には、最初から彼に対する親しみのようなものがありました。毎日、イベントの準備を終えるとみんなで食事に出かけたのですが、たまたまジョーの隣に座るときがありました。私も片言の英語で話しかけ、「ジョーと呼んでくれ」とも言われましたが、とてもそんなふうには呼べません。当時は「ミスター・ジョー」などと呼んだりしていました。

写真展・講演会当日は、原爆投下後の日本人の殺伐とした様子を真摯に語るジョーに、ほとんどの来場者が心動かされたことは明らかでした。これから私たち日本人に課せられた課題をもう一度真剣に考える機会を与えてくれた彼に、感謝の気持ちでいっぱいでした。

そこで話は終わりになるはずだったのですが、ジョーは私の実行委員長としての働きぶりに好印象をもったのか、写真展終了後一週間ほどして、五ページほどの手紙が届きました。日本から投函した手紙だったので、「ああ、まだ日本に滞在していらっしゃるんだな」くらいの気持ちで封を開けると、彼が日本で広島・長崎の写真展を開く決意をするまでのいきさつなどが書かれており、とても興味深く読ませていただきました。さらに、「これを機会によき友人として文通を始めませんか？」とのお誘いがありました。私はちょうどその頃英語を習い始めていたため、「文通で少しは上達するかも」という軽い気持ちと、ジョーの思いやりにあふれた深みのある人柄に引かれ、以後二年近くにわたる文通を始めることになりました。

今考えても、なぜ彼が、私に対してそのようなアプローチをしてきたのかわかりません。若松栄町教会の牧師によると、彼は出会った当初から、私のことについていろいろと回りに聞いていたようです。私も、彼が自分に関心をもっているのを何となく感じることがありました。例えば、ジョーの講演中に、私が駐車場にある車の持ち主を探すため、その旨を書いたパネルを聴衆に向けて持っていたことがありました。私は講演の邪魔にならないよう、できるだけ目立たないようにしていたのですが、彼はそんな私を見て、講演を中断してまで「○○の車の持ち主はいませんか」と聴衆に呼びかけるのです。そのように彼は、会場の中の私の動きを目で追っているようでした。

また、後に彼の講演会を手伝った時などは、私は陰でひっそりとサポートをしていたかったのに、彼は私を前面に押し出すのです。そうすると周囲の人は、私たちはどういう関係かと不思議がるのですが、彼は堂々と「特別な友人です」などと表現していました。そのようにして彼はどこへ行くにも私を連れていき、関係者に紹介していました。

歳の差も四十近くありましたから、一体私のどこが気に入ったのか不思議でした。結婚してから尋ねても、彼は「えへへ」と笑うばかりで、最後までわからずじまいでした。ただ、関われば関わるほど、互いに似ているところがあるなというのは感じていました。そして、ファクスのやりとりをしばらく続けるうち、私は次第に「この人と私はつながりがあるな。この人とだったらどこへ行ってもやっていけそうだな」という気持ちになっていったのです。それは自分でも驚きでした。

渡米

彼との信頼関係も深まった頃、私は「アメリカに行ってみよう」と思い立ちました。その時は旅行ビザを取得し、三か月滞在する予定でした。ところが渡米して一月半ほどたった頃、突然私の父が亡くなり、急遽《きゅうきょ》帰国することになりました。葬儀など一通りのことを終えたあと、再びアメリカに行くかどうかも考えましたが、父が死去したあとの家のことなどを考えると単身渡米するわけにもいかず、私は実家の飲食業を手伝いながら一年ほど日本で過ごしました。その頃には、もうアメリカで暮らすのは難しいかも知れないと思い始めていました。

ある時、アメリカの病院から私に電話がかかってきました。それはジョーの担当医からで、近頃ジョーの健康状態が悪化して入院・手術をしたこと、その際、投薬が過剰になったようで、ジョーが病院で錯乱状態になったことを知らせる電話でした。点滴の針やチューブを抜いて病院内をうろついたり、感情の起伏が激しかったようです。私はジョーに電話を代わってもらい、二十分ほど彼と話しました。するとそのことで彼が落ち着きを取り戻したと、医師があとで教えてくれました。私はそれを聞いて、「やはり、これは私がアメリカに行かないといけないな。もし行かなければ、きっと後悔する。そして自分のことも周りのことも、責め続ける人生になるのではないか」と思い、再びアメリカに行くことを決意しました。その時、私は三十五歳でした。「今アメリカに行くと、もう日本には帰ってこないんじゃないか」という思いもありました。いずれは、と考えていたジョーとの結婚も、当時はまだ自信がありませんでした。しかし、それでも行くことを選んだのは、母親に「アメリカに行ってもね、相手は七十歳過ぎでしょ。すぐに介護しないといけなくなるんだよ」と言われても、自分の気持ちが変わらなかったからです。「介護しないといけないなら、私はする」と。

とはいえ私の英語レベルは、日常生活を送るのに支障がないとは到底言いがたいものでした。ジョーとのファクスのやりとりも、毎日来る彼からの便りを辞書を使って読まなければならないほどで、私からの返信は週に一度、それも二、三行でした。しかし返事をすると、喜んだ彼からまた五ページほどのファクスが届くのです。内心「返事しなきゃよかったかな」

と思いながら、また辞書を使って読んでいました。そんな私でしたから、アメリカで暮らすには不安があり、とりあえず現地の語学学校に通うことにしました。

アメリカでの生活

アメリカで暮らすということがどのようなことなのか、何もわからずに飛び込んだのですが、二十年も前のことですから、今の状況とは多少違いがありました。それ以前に西海岸やハワイには旅行で足を運んだことはありましたが、地形的にも日本とはまったく違った世界を目の当たりにし、アメリカの広さを肌で感じられたことは、後に移住を決意する時にたいへん役に立ちました。ですが何しろ広い国ですので、東側、特に南部の州というのは、なんとなく未知の世界でした。テネシー州は東西に広がるバイブル地帯の一部として知られており、一九六〇年代の黒人公民権運動の名残がある、南部文化の濃い流れを汲む地域です。キング牧師の記念日にはマーチングをして、二度と人種差別が起きることのないように活動を続ける教会、団体、個人がいます。私もその一人として毎年マーチングに参加しているのですが、異なる人種が集まってできているこの国で、果たして人種差別がまったくないかという問いに肯定的に答えることはできない、というのが正直な気持ちです。表面的には確かに問題はなく、みんなが平等な権利をもって暮らしているように見えますが、少し掘り下げてみると、未解決の問題が山積みされているように思います。私も、自分の想像を超えた出来事に直面し、心が折れそうになることのなんと多かったことか。泣きながらジョーの助けを求めたことが何度あったでしょう。実際に住んでみなければわからないこと、本を読んだだけでは習得できないことがあると気づかされたのは、この時期でした。

テネシー州の州都ナッシュビルというと、今ではカントリーミュージックの街として急速に発展を遂げ、アメリカ国内だけでなく世界各地からも注目を浴びていますが、二十年前はまだ田舎の中堅都市。音楽以外には特徴のない、のんびりした南部の街の一つでした。空港に降り立った時、あまりの小ささに心細くなったことを覚えています。街の大きさに比べてダウンタウン（中心街）が小さかったこと、交通が整備されておらず、車がなければどこにも行けないと実感したことなども、記憶に残っています。希望と不安の入り交じった複雑な心境で、生活がスタートしました。

日本で英語を多少学んではいたものの、発音の違いという壁に真っ向からぶち当たった時には、まったく自信をなくしてしまいました。電話に出ることを極力避け、外出もジョーと一緒でなければスーパーに行くことも嫌でしょうがありませんでした。こちらのスーパーでは、会計が終わると、店員が紙の袋かプラスチックの袋、どちらがいいかと聞いてくるのです。

私はそれが何と言っているのかわからず、ただそこに棒のように立っているだけだったこともありました。単純な英語、「ペーパー」か「プラスチック」かが聞き取れなかった時のショックは大きく、「これから大丈夫だろうか」との不安な気持ちに襲われたものです。一言で英語と言っても、地域や国によってかなりの違いがあるわけで、耳が慣れてくるまでに数か月かかりました。ドライブスルーでファストフードを注文するなどとんでもないことで、わざわざ車を止めて、カウンターの店員さんの口元に神経を集中させながら、やっとハンバーガーと飲み物を注文できる、といった始末です。今振り返ってみると、かなりストレスのかかる生活だったと思います。しかし、その大変な日常を楽しんでいた面もあり、映画の中だけだったアメリカの街に自分が存在していることの不思議さを思い、「人生とは予期できないことばかりである」との結論に達したのもこの頃でした。

けれども、いちばんショックだったことは、人々の封建的、保守的な考え方でした。他者を排除するところまではいかなくとも、受け入れてくれるまでに時間がかかるのです。ジョーの生まれは米北部のペンシルベニア州で、いわゆる「ヤンキー」（米北東部に住む白人の俗称）です。アイルランド系とイタリア系の移民の中で育ちましたので、人種差別などとは無縁の生活をしてきたように思います。彼が五十代の時、南部に越してきたという話はよくしていましたが、白人が優位に立つ状況を考えたり感じたりした、というようなことは言っていませんでした。彼には黒人の友人も多く、誰とでも気軽に打ち解けることができたのです。私が差別に遭ったと知った時、彼は頭から湯気が出るほど憤り、相手に食ってかかったものです。一九六〇年代の黒人差別の名残があり、表面的にはわからないながらも時折浮上してくる差別問題。一つの人種が大多数を占める島国で育った私にとって、理解の範囲をはるかに超えたものでした。

ある日、こんな出来事に遭遇しました。ありえないと思われるかもしれませんが。その日は、五十人ほどのリタイアした年配の人々の前で、ジョーがこれまでの写真家としての人生を語る講演会でした。彼は準備のために先に会場に行っており、一時間ほど遅れて私が到着しました。受付の白人女性に状況を説明し、中に入れてくれるよう頼んだところ、完全に拒否されてしまったのです。なぜなのか理由を聞いても無視するのみで、取り合ってくれません。講演会の時間は刻々と迫ってきて、この状況をどうしたら変えることができるのかと途方に暮れていると、ジョーが中から「遅いじゃないか」という顔をして出てきたのです。私が半べそをかきながら受付とのやりとりを説明すると、彼は形相を変え、「なぜ彼女を中に入れなかったのか」と相手に強い口調で抗議しました。その時、女性の口から出てきたことばは、「彼女がアジア人だったのでどろぼうか何かだと思った」でした。すでに半分泣きべそをかいていた私は火がついたように泣きだし、ジョーは怒り心頭のあまり「講演会などやってられるか」

とまで言い出しました。私は、コントロールし難い自分の感情を押し殺さないと大変なことになると思い、「私は大丈夫だからとりあえず講演して」と懇願して、怒りの収まらない彼をドアの中へと押し込み、何とか平静を取り戻そうと必死でした。

同じ人間なのになぜこのような仕打ちを受けなければならないのか、アメリカとは自由と平等を重視する国ではなかったのか。そんな思いが交錯し、眠れない日々を過ごしたのも、今となっては過去の記憶に埋もれかけている出来事の一つですが、当時はもがき苦しんだものでした。しかし、この事件をきっかけにジョーとの信頼関係が深まったのも事実です。「世界中が相反しても、この人だけは私の味方になってくれる」と、共に歩んでいける戦友のような強いきずなを感じました。また、差別というものは差別する側の問題であって、される側に非はないことも学ぶことができました。ですから、大小の差はあれ、似たような状況に立たされた時にはそのことを思い出し、「自分は関係ない」と割り切れる強さも生まれてきたのです。

写真の世界へ

私はジョーに出会うまで、写真というものに興味をもったことがありませんでした。旅行に行ったりした時に撮るぐらいで、「自分のカメラがほしい」とか「いい写真を撮りたい」などと思ったことはなかったと思います。ジョーの写真展を通して、映像のもつ力というものを強く感じ始めてはいましたが、自らそういう世界に入ることになるなど夢にも思っていませんでした。

ジョーに運転してもらいながら語学学校に通い、渡米後二年ほどたつと、何とか日常の生活にも支障がなくなりました。自信もついてきて、将来に思いをはせていた時のことでした。「写真を勉強しないか？　道具は全部そろっている。近くにいい写真の学校もある」と、ジョーからいきなり提案がありました。私は、「写真には特に興味もないし、できれば趣味を生かせる料理の学校に行きたい」と言いましたが、「州内に料理を習う場所などない。写真の学校はすぐ近くだ。送り迎えもするし、何なら入学手続きもしてきてあげるよ」とうまく丸め込まれ、気がつけば学校の説明会に出席していたのでした。何となく納得がいかないながらも、「確かにカメラや他の道具も何一つ買う必要がなく、送り迎えつきなら楽だろう」と考えてとりあえずクラスに出席し始め、宿題の写真もまめに撮るようになりました。

学校ではまず基本的なことを学び、家に帰れば〝師匠〟が「待ってました」とばかりに私を連れ出し、撮影の手ほどき。なぜ自分が写真の世界に足を踏み入れたのか、などと考える暇もありませんでした。何せ軍隊仕込みのカメラマンですから、その指導の厳しいこと。一つの対象をあらゆる角度から見る訓練や、体を上下左右に動かし、時には地べたに這《は》いつくばりながらの撮影。シャッターを意味もなく押すと、雷が落ちてきました。

写真学校に通うようになる前に、ジョーが海兵隊時代の撮影訓練の様子を話してくれたことがあります。海兵隊に入隊した時には、特にカメラマン志望ではなかったようです。銃撃のテストにパスできず、成り行きで写真を撮るところに回されたらしいのですが、実戦に出る前に何か所か学校に送られ、厳しい訓練を受けたと聞いています。飛行中の飛行機の床を開いて地上を撮影する訓練や、断崖のぎりぎりの所に立って下を撮影するなど、高い所が苦手な私には聞くことさえ苦痛になるような訓練ばかりでした。また、マサチューセッツ工科大学で一通りの勉強を済ませたあと、実習生として事故現場などに送られ、かなり悲惨な状況を写真に収めることもしたそうです。その様子は、聞いている私にはとても考えられないほど残酷なものでした。人間が人間として存在しないような事故現場を何度も写真に収める。そのような訓練をさせた海兵隊の教官たちは、近い将来に起きることを想定して若い兵たちを鍛えようとしていたのか、と思わざるを得ないような話でした。それとも私がナイーブだったのか、そのあたりはよくわかりません。軍隊に入るということは、人間としての常識を覆すような考えをもつことなのか、経験したことがない者にとって理解できない領域であるということは、いまだに変わりません。

そんなジョーですから、実際に私が写真を撮り始めた途端、彼の厳しい指導が始まってしまったのです。その頃は三十五ミリフィルムで、画像を消去することもできない時代でしたから、「無駄にシャッターを押すな」「クロップ（画像の一部分を切り出すこと）は正確にしろ」「シャッターチャンスを逃すな」「忍耐力をもて」などなど、学校では教えてもらえない貴重な経験をさせてもらいました。一度は、「向かってくる路面電車の写真を撮れ」と、いきなり地面に押し倒され、写真を撮ったら「早く起き上がって逃げろ」と言うのです。私は「何するの！　殺す気？」と悪態をつきましたが、あとになってその経験がどれだけ役に立ったことか。今となっては感謝以外の何ものでもありませんが、その当時は「あまりに口うるさい」「厳しすぎる」「全然楽しくない」などと、口答えをしょっちゅうしていました。それでも写真を撮り続けていくうちにそれなりの楽しさも感じ始め、学校では二人の教授から、「君は〝カメラアイ〟があるからものになる。頑張りなさい」と激励されたこともあり、どんどんこの世界に深く入り込んでいくことになったのです。

海兵隊やアメリカ情報局で、多くの人々を撮り続けたジョーのフォトジャーナリズムの根底は学ばせてもらったのですが、私の目は常に花々や田畑、優雅に草を食《は》む牛たちに向いていました。ＶＩＰや大統領たちが握手する瞬間や、彼らが飛行機から降りて手を振るのを写真に収めることに、あまり興味が向かなかったのです。もちろん身近にそのような有名人がいなかったこともあるのですが、もしジャーナリズムに気持ちが向いていれば、隣のケンタッキー州にすばらしい学校もありましたし、なにがしかの行動をとっていたはずです。しかし私の中には、それを熱望する気持ちがなかったのです。ですから、休日には車を飛ばして田舎町に行き、広大な風景に溶け込むようにたたずんでいる牛や馬を、季節の変わり目にはその自然の移り変わりを、夢中で撮り続けていたのです。初めのうちジョーは、「花は握手もしないし、つまらないじゃないか」とつぶやいていたのですが、だんだんと私が築き始めた世界に染まっていき、最後には自分でも楽しんでこの世の美を追究していくようになりました。

彼と私の、写真を撮るときの共通点は、瞬時に「絵が見える」ということでした。町中《まちなか》を歩いていても、郊外をドライブしているさなかでも、どちらかが「あ、見えた」と言うと立ち止まり、または通り過ぎた場所に戻ってその場面を確認するのです。写真を撮るのに最も不可欠なカメラマンとしての「目」を共有していたということは、偶然にしてはあまりにもできすぎた話で、なぜジョーが私の中に眠っていた素質のようなものを見抜いたのか、彼は言わずに逝ってしまったのでまったくわかりません。写真の世界など何もわからず、自分のカメラさえ持っていなかった私に、執拗《しつよう》に写真学校に行くことを勧めた思いとは何だったのでしょうか。もしかしたら彼自身にもわからなかったのかもしれません。私たちは、自分がとる行動のすべてを把握しているようで、実は目に見えない力に押されて行動していること

ジョー・オダネルと著者（1997-1998 年頃）
ナッシュビルで行われたチャリティー・ショーで。ジョーはショーに写真を献品することもあった。

がかなりあるのではないかと思います。そして、あとで振り返ったときに初めて、自分の思いを超えたところで起こっている出来事を認識できるのでしょう。私たち人間は、この小さな頭で何もかも認識していると思いがちですが、本当は何一つわかり得ない、小さく儚《はかな》い存在なのでしょう。神の存在を認めてそれに目を注ぐとき、初めて人生の意味を知り、なんとかこの世の荒波を乗り越えていけるのが人間なのではないでしょうか。

結婚

結婚に関しては、ジョーは私が渡米した当時から、「結婚しよう」「いつにする？」と毎日のように言っていました。私のほうは、「時期がきたらね」という感じで流していたのですが。しかし、渡米して数年が経過し生活も落ち着いてきた頃、私たちは次の段階を考え始め、やがて結婚へと踏み出しました。一九九七年のことでした。ジョーとの関係については、互いに国籍も、育った環境も、年齢もまったく違っており、互いにこれだけ打ち解けられるのが不思議なほどでした。せめて歳が近ければ、と思うこともありましたが、出会わないよりはずっとよかったのです。たとえ結婚したとしても、二人でいられるのはあと十五年かもしれないし、十年かもしれない。だけど少しでも一緒に暮らせるのであれば、私は彼と結婚したいと思いました。結婚といっても式は挙げず、ただ役所に届けを出し、証人を前に結婚の誓いをして、レストランで食事をするという簡単なものでしたが。

結婚後、私はいつものように淡々としていたのですが、ジョーに至っては、うれしそうに「君は僕の妻なんだよ」などと言ってはしゃいだり、それはもう大変でした。ある時は、ジョーが「君はもう僕と結婚したんだから、髪の毛を切ったらどうだい」と言うのです。私は一度は美容院に行ったものの、指図されることに反発を感じ、まるでミリタリーカットのように髪を短く刈り上げてしまいました。帰宅した私を見たジョーは、「えー……!」と言ったきり絶句。以来、私に「ああしろ、こうしろ」とは言わなくなりました。

アメリカ人は、良く言えばおおらかで細かいことにはこだわらない国民性ですから、ジョーのそういったところに戸惑うことはありました。彼には、かつてホワイトハウスで働いていたこともあり、政府からの年金が支給されていました。そのため大方安定していたからでしょうか、あまりお金に細かいほうではありませんでした。特に彼は車が大好きで、新車が出るとすぐに夢中になるのです。一度など、私が二週間ほど日本に帰っている隙に新車を購入していたことがありました。帰宅すると見たことのない車が留めてあり、「これ、どうしたの」と聞くと、「買っちゃった」と。すでに二台も車を所有していたため、もちろん返品してもらいました。そんなジョーでしたから、彼には人種や職種にかかわらず友達が大勢いました。

ホワイトハウス退職後も、彼はいろいろな仕事に取り組んだようです。年金をもらいながらお墓の整備をしたり、時には資産家のマネジメントをやってみたり。新たな仕事に就くときは、過去の職場からの推薦状などを求められるのですが、そうするとトルーマン大統領やケネディ大統領の署名入りの推薦状が届き、雇用主にも驚かれたようです。ジョーにとっては、ホワイトハウスで働いていたことはすでに過去のことで、その後の仕事には特にこだわりがありませんでした。そういったサイドジョブをしながらの、写真展の活動でした。

私たちが初めて出会った頃も、彼は自分の体験を語る写真展を意気盛んに開催していたのですが、それ以前から体は放射性物質に蝕《むしば》まれ、悪夢に苛まれる日々を送っていました。その孤独な闘いの日々に打ちのめされそうになったことも、一度や二度ではなかったそうです。そのような重く暗い気持ちを独りで抱えながらの来日でしたから、つらかったのではないかと思います。もし私との出会いで彼が救われたとするならば、それは私の中にあった祈り、「私を心の底から必要としてくれる人を与えてください」が現実のものになったとしか言いようがありません。

私たちは、出会った時からお互いにまったく緊張感を覚えることなく、どんな話でも気軽にできました。感性もまったく同じといっていいほど似ており、会話が盛り上がるたびに、こんなに共感できる人に初めて会ったと、なんだかうれしさを覚えたものです。恐らく、生まれて初めて自分のありのままの姿をさらすことができた相手だったと思います。そのままの自分を受け入れてくれただけでなく、この欠点だらけの自分をユニークな存在として肯定してくれ、最後まで私をいちばんに考えてくれたあの人の存在は、私にとっては何物にも代えがたい宝物です。大きな歳の差があったにもかかわらず、私たちは互いの中に特別な何かを見いだしていたのです。

第五章

別離、そして再会への希望

介護

アメリカに渡ると決心してから、近い将来、介護をする立場に立たされるだろうことはある程度覚悟していました。年齢的なことだけではなく、彼はすでに何十回もの手術を経験して、普通の人より体が弱くなっていたのですから。今振り返ってみると、よくあんな体で八十五歳まで頑張ってくれたなと、涙があふれる思いです。ジョーが病院に通うのは本当に頻繁で、私が彼と共に過ごした時間の大半は病院だったのではないかと思うくらいに多かったのです。特に大きな問題だったのが、脊椎の両側に入っていた二本の鉄のパイプと、それを支えるように何か所にも巻かれたワイヤーでした。体全体の骨、特に脊椎がもろくなり、一九九〇年の大手術の末にインプラントしたのですが、年齢とともに体が前に曲がり、それによって二本のパイプが皮膚を突き破って出てきそうになったのです。そのつど、手術によってパイプの上部をカットし、なんとか皮膚を破らずに、かつ体を支えられるように工夫しました。しかし結果としては、同じような手術を繰り返しながら重いコルセットを体に巻きつけ、外出時には私の持参したクッションを背中に当てるといった感じで、出かけるのも一苦労でした。心臓にはペースメーカーが入り、腰の辺りにはモルヒネのポンプが埋め込まれ、体の前後には首の下から腰の部分にまで及ぶ手術の傷跡が何本も刻まれており、ボロボロの体になりながらもなお前に進もうとする夫の姿は、痛々しいと同時に何か崇高ささえ感じるものでした。

あの人の口から、「つらい」とか、「どうして自分が」といった悲観的なことばはついに一度も聞いたことがありませんでした。常に前を向き、かといって気負っているのではなく、目的に向かって進むことに希望を見いだしていたのではないでしょうか。終戦から四十五年、忘れようとがむしゃらに仕事をし、見ないようにしてきた過去に直面する覚悟ができた時に、あの人はある種の自由を手に入れたのだと思うのです。ですから、積極的な写真展、講演会、シンポジウムなどを通して、平和の大切さを説くことができたと私は考えます。

病と向き合いながらの二人三脚の歩みは、不思議と楽しい日々でした。病の話はもちろん日常会話に出てきましたが、お互いに苦になるような暗さはなく、さも当たり前のこととして受け止めていたように思います。もちろん、痛みを訴えたり気分が悪くなったりして日常生活に支障が出ることも多くありましたが、そのつど乗り越えられる力を与えられたように思うのです。やはり、共に祈り、神の力を信じることがどれだけの助けになったことでしょう。その当時は必死でしたから、自分の人生がどのような方向に導かれているのかなど、あまり見えない状態でした。「とにかく彼の痛みを取り除いてほしい」ということが、私のいちばんの思いでした。大事な人が痛み苦しんでいるのを隣で見ているのは本当につらいものです。何もできない自分の無力さを責めたりもしました。でも、いろいろな治療や薬を試しながら何とか痛みをコントロールでき、彼なりに充実した最後の十数年を過ごせたことは、私の中で癒やされた奇跡として残っています。

しかしながら、最後の三年間は、別の意味でチャレンジの時だったと思います。二〇〇四年に二度めの脳卒中を患い、その後は言語障害が残るようになりました。初めは一言もことばを発することができなかったのですが、持ちまえの粘り強さでリハビリに励み、六か月後には意思の疎通ができるまでに回復していきました。しかしその頃から、彼の意識が次第に濁ってきたというか、認識できないことが増えてきました。脳の障害、いわゆる認知症が始まっていたのです。私としては、「認めたくない、私の思い違いではないか」と、そのことから意識を遠ざけるようにしていたのですが、だんだんと無視できない出来事が増えていき、「見過ごしてはならない。どうにかしなければ」という危機感を覚えるようになりました。彼自身は目の前にいて、食べたり笑ったりしているのですが、少しずつ私の知っているあの人が消えかかっているという、何とも癒やしがたい心の痛みを覚えるようになりました。「介護」ということばが頭に浮かんできて、この私にどこまでできるのだろうか、もしかしたら自分が潰れてしまうのではないか、という不安との闘いでした。

週七日、二十四時間つきっきりの介護というのは、ことばでは言い表せないほど大変なことでした。おちおち寝てもいられない状況になり、彼と私の手をひもで結びながら布団に入るといった感じで、すべてが私の肩にかかってきた時には、正直悲鳴を上げたい瞬間もたびたびありました。

「このまますべてが終わってくれたら」とまで追い詰められた私を救ったのは、彼の笑顔でした。脳卒中のあと、どういうわけか今まで感じていた体の痛みがまったくなくなり、彼にとってはとても楽な日々の始まりとなりました。脳の働きについてはまったく無知な私ですが、おそらく痛みを感じる箇所が損傷したのではないでしょうか。それ以来、笑顔を見せてくれることが以前より多くなったことに喜びを感じていた私は、窮地に立たされた時にもその無《む》垢《く》な笑顔に癒やされたのです。「どのような状況であっても、この人が笑っていてくれるのであれば、私はその笑顔を絶やさないように頑張ることができるはずだ」と思いました。少しでも長く、その笑顔を見つめていたかったのです。

新聞、雑誌等で介護の話題が取り上げられることが多いようですが、やはり介護する側の負担を減らすには、周りの理解や助け、そしてそれを取り扱うことのできる施設の充実が重要だと思います。私の場合は残念なことに、施設の助けを借りることも、周りに助けを求めることもできない状況でした。すべてを独りで担うということは、あまりにも重い荷を背負うことであり、これから介護に携わる人々には、できる限り周囲の援助を求めてほしいと思います。それが、介護を受ける側にとっても良い結果をもたらすものであると信じます。

つけ加えておきますが、私とキリスト教会とのつながりや精神的な援助は切れることがありませんでした。相談に乗ってくれた牧師や教会員の方々には、何とお礼を言っていいかわかりません。私がぎりぎりの状態で闘っていることを把握して祈ってくれており、そのことに何度励まされたでしょうか。一人で介護していても、「私は一人ではない」という事実は私を勇気づけてくれました。目先のことに捕らわれて溺れそうになった時、目に見えない力によって慰められたことを思い返す時、私の人生は神のまなざしの届く範囲内にあるのだ、と安心感を覚えずにはいられません。恵まれた人生を歩ませていただいていることに感謝する毎日です。

逝去

二〇〇七年八月九日に起きたこと、その周辺の出来事を思い返しています。その頃、ジョーは体調の面でも、メンタルの面でもかなり限界にきていたように思います。ですが私は、「八十五歳までいろいろな病気を乗り越えてきたあの人だから、今回も大丈夫なはずだ」との肯定的な思いをもって、彼の入院先のリハビリテーションセンターに毎日顔を見に行きました。看護師たちは、「毎日来なくてもいいのよ」と言ってくれましたが、私はあの人のそばにいるのが何よりも好きだったので、「来たいから来てるの」と笑って会話したことも懐かしい思い出です。ジョーがこの施設に入院することになったのは、転んで腰を痛めたからだったのですが、その頃の私は介護に行き詰まっていたのかもしれません。三年前に二度めの脳卒中を起こし、それから急激に記憶が衰えた彼をフルタイムで世話することは、介護をやってみた人でなければわからない、さまざまな苦労の連続でした。

ここで詳しいことを書くつもりはありませんが、信仰と愛がなければ到底できることではありませんでした。ですからこの時の彼の入院は、「私にとってちょっとした骨休めになるかな」くらいに思っていたのです。でも、脳卒中の後遺症でことば少なになり、食も細くなっていく彼を、また家に連れて帰ることができるだろうか、という不安もありました。

そして、不思議なことが起きたのは八月六日だったと思います。いつものようにリハビリセンターに行き、看護師たちに挨拶をしながらジョーの部屋に入った時のことです。ほとんど会話を交わすことがなくなってきていた彼の口から、「遅かったじゃないか、何をしてたの？」ということばが出てきたのです。ぽかんとしている私を気にするでもなく、まるで十年前の彼に戻ったように、ことばが堰《せき》を切って次から次へと出てきました。「これは一体何なのだろう」とあぜんとする私に、「何突っ立ってるの？　はい、ここに座って」と、私に隣に座るように促すのです。おそらくこの時の私は、夢と現実の区別がつかなくなっている人間のように、棒立ちしていたはずです。そしてこのよみがえったジョーは、昔の仕事のこと、日本のことなどを懐かしそうに話しだし、その変わりようは訪れる友人たちを驚かせました。私は「奇跡」ということばが頭の中をぐるぐる回り続け、「もしかしたら来週には退院できるかも」との期待が芽生えてきました。

そんな日が三日続き、四日めの八月九日、私はセンターの医師に相談して次の週にでも病院用のベッドをレンタルして家に取り付けようと、準備をしていました。ジョーは気分もよかったのか、車椅子でちょこちょこ病室を出たり入ったりしながら、外の様子を窓から楽しんでいたのです。夕方になって時間がきたため、「また明日の朝来るから」と言って病室を出ようとした時、彼が「泊まっていけばいいのに」と名残惜しそうに言いました。私は「ここは泊まる設備がないからね。でも明日の朝また来るから」と言って、病室のドアを静かに閉めました。

その晩、就寝前のひと時を過ごしていた時にセンターから電話がきました。「ジョーが息をしていない」と。「CPR（心肺蘇生法）の準備をしている」と告げるそのことばがピンとこないまま、電話は切れました。そして二度めの電話。「蘇生できなかった」と。それからの私の行動は、いまだに霧がかかったようにぼんやりとしているのです。無理やりにでもその時のことを思い出そうとすればできるのかもしれませんが、おそらく私はその努力をすることはないと思っています。ただ一つ言えることは、ジョーにうまくだまされた、ということです。あの人はただでは逝かないとは思っていましたが、最後の四日間を駆け抜けるように逝ってしまったのです。まったくあの人らしい最後でした。振り返ってみると、あの数日間は神からの贈り物だったのです。病魔に襲われながら、ことばも不自由になり彼らしさが失われつつあったあの頃、神は私に「あの人の本当の姿、あるべき姿を脳裏に焼きつけなさい」とでも言うように、最後の時をこの上もなく豊かなものとしてくださったのです。

ジョーの声

ジョーはある意味激動の、そして神に十分用いられた八十五年の生涯を閉じました。不思議な最後の四日間を共に過ごし、長崎の原爆記念日に彼を見送ったあと、私は心も体も空っぽになってしまいました。この日が来ることは出会った時から覚悟していたものの、いざその場面に遭遇した私は、身が裂かれるような喪失感と、まるで見知らぬ地に一人残されてしまったような虚無感とで、ただ立ち尽くしていたように記憶しています。今でもその頃の出来事は、霧に包まれたような、ぼんやりしたかたちで私の中にとどまっています。

その窮地から抜け出そうとする気持ちさえなく、時間の流れるままに一か月、二か月と過ぎたある日、ある声が心に響いてきました。その時の状況は今でもはっきり覚えています。特別何をしていたわけでもなく、リビングに座ってぼんやりしていた時でした。いきなり、「Oh, boy! There is no time in here.（おや！　ここには時間がないぞ）」という英語の短いセンテンスが聞こえたのです。その時は、「なんだか聞き覚えのある声だな」と考えるともなく聞き過ごしたのですが、三日ほどたった時、不意にその意味がはっきりしたのです。あれは間違いなくジョーの声、あの人の言い回しだ。「時間が存在しない」というのは、今あの人が存在している場所、天国のことなのだという確信に至りました。その時の言いしれない安堵感。「あの人はやっとすべての痛みから解放され、永遠の地で安らいでいる。平安に包まれているのだ」と知ったことは、私にとって何よりもうれしい知らせでした。キリスト者として信じていた天国の存在を、このようなかたちで体験できたわけですが、その遠回しな言い方があの人らしいと、いまだにほほえましく思えるのです。「この世がすべてではない。この旅が終わった時に、愛にあふれた平安な世界がある」と思えるのは、本当にすばらしい恵みだと思います。それがゆえに、日々の歩みを大切にすることもできますし、「私に与えられた使命は必ずまっとうしなければ、あの人に合わせる顔がない」との思いで、今日懸命に自分自身を前進させる力にもなっています。

ジョーの声が響いてくる出来事は、それから約半年後にもありました。

「Grab your camera and go!（カメラを持って出かけなさい！）」ということばでした。彼が亡くなってからというもの、一度もカメラに触っていなかった私が、恐る恐る自分の手になじんだ愛着のあるカメラを手にした瞬間、何とも言えない温かい思いと強い力が体に浸透し、気がつけば車を飛ばして、共に撮影を楽しんだ近くの田舎風景を前にシャッターを切り続けていました。

この日を境に、少しずつではありましたが前向きに生きていく覚悟ができたように思います。何もできずに悶々《もんもん》としていた日々から外に気持ちが向き始めたその日まで、一貫して私の中に存在していたことは継続した神への問いかけでした。なぜ私はここにいるのか、なぜこのような試練を与えられたのか、これからどうすればよいのかなど、さまざまな問いがあふれ出て、悲惨な思いでそれぞれの答えをもち続けた期間だったわけです。今思えば、その時間なしにはその後の活動を続けていくことができなかったわけで、ダウンタイム[註1]と思われることでも、それは神の計画の一部であったことを学ばされました。

徐々に一人で生活することにも慣れ、以前のように仕事もこなすようになりましたが、ジョーと共に活動してきた核戦争反対運動を引き継ぐにはまだ少しの時間が必要でした。実際に戦争を体験し、その目で広島、長崎の悲惨な状態を目撃した本人に代わって、どれだけ活動の主旨をアピールできるのか、原子爆弾を落とした国の人々に思いを伝えるにはどうすればよいのか、悩みました。日本での写真展は一九九〇年代以降、現在に至るまで山崎真《まこと》さん（盛岡市・旧善隣館元館長、第二章参照）の管理のもとさまざまな地域で継続されており、私に課せられた使命は、このアメリカで多くの人々にきのこ雲の下で起こった事実を伝えていくことではないか、との結論に至りました。アメリカでは原子爆弾投下の事実は述べられていますが、実際にどのような被害があったのか、放射性物質が人体にどのような影響を及ぼしたのかなど、ほとんどと言っていいくらい報道されていないのが現実です。戦争という名の下では、加害国が相手国に与えた被害に触れることは皆無というのが、悲しいことですが世界共通の傾向だと思います。そのルールを破ろうとするとき、かなりの圧力がかかるものであるということは、ジョーと共に活動してきた中で身をもって感じていましたから、ある程度の予想をしながら私なりの活動をスタートすることができました。

活動を引き継いで

ジョーの生前中、私たちはこれからの活動について、特に彼が天に召されてから私がどのように彼の遺志を受け継いでいくかについて、よく話し合いました。私としてはあまり話したくない話題ではありましたが（一人残される、という事実を直視したくなかったのです）、平和な未来のために写真展を続けていくことは、残された私の大きな課題であり、具体的に話し合いをしておいて早すぎることはありませんでした。二人に共通していた思いは、「写真展を多くの人々に見てもらいたい」「過去に起きた歴史として人々に知ってもらいたい」ということでした。写真はありのままの出来事を語ります。それをどのように受け取るかは一人一人の自由意志に任されます。原子爆弾投下の事実についてはアメリカではほとんど表立って語られることがありません。子どもたちの教科書にも出てきません。今の、若い、これからを担う子どもたちのどれだけの割合が広島・長崎について正しく把握しているのかもわからない、という現状です。当事国であろうとなかろうと、過去の歴史を知る権利はすべての人にあるはずです。そのために、ジョーの写真展が果たす役割は大きなものであると私は信じています。

しかしいざ一人になってみると、どこから始めていいものか迷いました。学校や公共機関を回る草の根運動的なものから始めようか、それともまずは芯になる機関を通して活動の基礎を築くべきか、いろいろ迷いましたが、道は自ずと開けていきました。私の通っている教会に、テネシー州立博物館の職員がいました。彼とは、友人として礼拝のあとなどに世間話やお互いの仕事の話などをする間柄で、私にジョーの写真展を継続していきたい希望があることは、彼も知っていました。おそらく一、二年は同じような話をしていたように思います。「とにかく写真展がしたい。そのきっかけになるものが何かないか」と模索していたのですが、いつの間にか自然と具体的な話をするようになり、気がつけばテネシー州立博物館での写真展の話が具体化していきました。それからは博物館に何度も足を運び、幹部の方々との念入りな話し合いを重ね、また過去のスミソニアンのキャンセルのようなことが再び起きないよう、何度もいろいろな方面へ配慮しながらの歩みでした。「この機会を十分に生かしたい」という思いは強かったのですが、思わぬ反対に遭って意気消沈することもたびたびでした。けれども、私の中で諦めるという選択肢はありませんでしたので、時間をかけながら、なんとか前に進めるよう周りの人たちの協力を得ていったという感じでしょうか。この、決して諦めないという姿勢は、長年ジョーの活動を隣で見てきて学んだことのようです。

結局のところ、今私が歩いている道のりというのは、二人で歩いてきた道の延長でした。私の中では、ジョー・オダネルという存在はいまだに強く残っており、例えて言うのであれば、彼の生前中は、一つの魂が二つの体に半々に入っていたという感じでしたが、今は一つの体に二つの魂が共存しているような状況です。物事を判断するのにも、自分の意思だけではなく、強力にもう一つの魂が作用しています。私にとってこのことは、新約聖書の中での使徒ペテロを思い起こさせます。イエス・キリストの十字架での死と復活を経験したペテロの、その後の使徒としての生きざまは、目を見張るほど違っていきます。何かが彼の中で決定的に変わっていった、そのことをなぜか私は、身近なこととして感じるようになったのです。なぜなのか、いまだによくわかりませんが。

多くの方々の支援のもと、二〇一二年に州立博物館にある「ワー・メモリアル」での展示が現実のものとなりました。開催期間は六か月間、州内だけではなく全米各地から訪れた人々の目にとまり、好意的な反響を得ることができました。また若い世代の人々には、「歴史の一部として学びの時になった」との感想が多く、この写真展を開催する意味の深さを知らされる機会となりました。

原爆製造の町での写真展

ジョーが生前、どうしても写真展を開きたい場所がありました。同じテネシー州のノックスビルという工業都市の近くにある、オーク・リッジという町です。ここは、一九四五年に投下された二つの原子爆弾が製造された地で、今でも原子力発電所が稼働しています。ナッシュビルから車で二時間半ぐらいの所にあり、東に行く用事がある時には、高速道路上から必ず大きなたくさんの煙突が目に入ります。ジョーは「オーク・リッジで写真展をすることはとても意味のあることだ」と常々言っていました。一度は、核の危険性を訴えるデモにも参加したと聞いています。二人で一度、車のガソリンを入れるために立ち寄ったことがありますが、何とも言えない重い雰囲気で街中をドライブしたことを覚えています。この町は、原子力発電所で働く労働者で成り立っているようなところで、折々新聞やテレビなどで付近に住む住民の健康状態の悪さが報道されたり、労働者自身の健康障害などを訴える裁判なども耳にします。最近では、テロリストの攻撃から発電所を守らなければならないと、警備体制の弱さを訴える市民運動もなされています。数年前には原発に自ら入り込み、管理の甘さを訴え刑務所に入ったカトリックの八十歳のシスターのことが話題となりました。原爆の製造から七十年たった今でも何かと問題になっているわけで、つくづく核と人間が共存することの難しさを物語っています。

そのような訳ありの土地で、広島・長崎の写真を展示することはなかなか現実味を帯びず、ジョーの健康状態の低下もあってついに実現することができずにいました。そのことは彼の死後、ずっと私の心の中にくすぶり続けていましたが、テネシー博物館での写真展が終了して半年後、その機会が巡ってきたのです。政府の機関である博物館の展示物は、州外に持ち出して展示することが不可能と言っていいほど難しいという話を聞き、「それでは州内の他の機関での開催は可能ではないか」と調べ始め、もしかしたらオーク・リッジでできるのではないかとの希望が芽生えました。博物館の職員である二人の良き友人と相談し、早速オーク・リッジの科学博物館と連絡を取りました。開催にあたって問題がないか、どのくらいの期間、展示が可能かといった事項を館長と話し合う機会が得られ、思っていたよりすんなり開催決定の運びとなったのです。ジョーが活動を始めた一九九〇年あたりはまだ原爆投下を肯定的に捉える風潮がありましたから、ここまで行き着くためには、やはりそれだけの時間が必要であったということをしみじみと感じました。「本人が生きてこの日を迎えることができれば、どれだけよかっただろう」と思います。ですが、すでにまかれた種が成長して開花した現実を見ると、ジョーは課された役割を十分に果たして逝ったわけですから、彼の魂は天国で歓喜の声を上げていたに違いありません。科学博物館での展示方法や内容はテネシー博物館のものとほぼ同じで、過去の出来事を正確に伝え、写真家本人の意思が表に出すぎることのないように配慮されたものでした。一九九五年にスミソニアンでの写真の展示がキャンセルされて以来、時代の流れは確実に変わってきていたのです。

　そのスミソニアンですが、数か月前に写真展依頼のメールを送りましたが、「スケジュールがいっぱい」という断りの返事が返ってきました。二十年前に一度キャンセルになったことは説明しませんでしたし、係の男性がその当時のことを知っている確率は少ないでしょうから、いわくつきの写真展をどのようにプロモートすればいいのか、今後の展開を考えているところです。当時反対していた退役軍人たちは、もうほとんどこの世を去っているでしょうし、戦争続きのアメリカの状態を快く思っていない市民も少なくない今、一九四五年の広島・長崎の真の姿を公表するのにそれほどの圧力がかかるとも思えません。ですが、とにかく交渉事というのは時間がかかるのが常です。「断られるのは当たり前」と、粘り強く懇願するつもりではいますが、まず自分自身がもう一度初心に帰り、なぜこの写真展が今の世に必要なのか、これからの世代を築き上げる人々の心に問いかけていくためにどのような場所でどんな趣旨で展示をしていくべきなのか、じっくりと考えていきたいと思います。

戦後七十年、州外での展示

戦後七十年となる二〇一五年の夏には、初めてテネシー州外で展示が開催されました。開催地であるケンタッキー州はテネシーのすぐ北に隣接する州で、州立ウェスタン・ケンタッキー大学には、全米でも有名なフォトジャーナリズム科があります。ここの教授が、ジョーの生前の仕事や写真展に託した遺志に共感してくださり、夏から三か月間、大々的に展示をしてくださいました。ここに行きつくまでにも不思議な見えない力が働いていたと、今振り返って思います。

確かその一年半ほど前だったと記憶していますが、ケンタッキー州に住む昔の友人から突然電話がありました。彼とはジョーが健在だった頃からのつきあいです。たいへん有能な実業家で、ビジネスの分野で幅広く活躍されていたのですが、その中に写真関係の会社もあり、また彼の娘さんが私たち夫婦の近所に住んでいたという縁も手伝って、次第に交流を深めていくことになりました。ジョーもその頃は、元気に写真の話や体験談などを話しながら、有意義な時間を共有していたものです。しかし、時がたつにつれてジョーの健康が優れなくなったため、自然と一緒に過ごす時間が減っていき、気がつけば数年音沙汰がなくなっていた友人の一人でした。ですから、突然の電話に少し驚き、何か近況に変化があったのかととっさに思ったところ、案の定彼の奥様が亡くなられたという知らせでした。「もうすでにお葬式も済ませ、一応の落ち着きを取り戻したところだ」という彼の声には、やはり寂しさが表れていました。

そして、今回電話してきた理由というのは、「先日写真関係の会合に出席した際、ウェスタン・ケンタッキー大学で働いている職員との話の中でジョーの写真展の話題が持ち上がり、『ぜひ大学で写真展をやらせてほしい』と言われた」というのです。その頃私は、ちょうどテネシー州立博物館とオーク・リッジ科学博物館での展示を終え、「どこかテネシー州以外の場所で写真展をしたい」という希望をもっていましたので、二つ返事でこの話を受ける意思を伝えました。彼は「その職員ともう少し話を詰めてからまた連絡する」と言って電話を切ったのですが、その後何週間たっても連絡はなく、留守番電話にメッセージを入れたりメールを送ってみたりしたのですが、この古い友人から再び連絡が来ることはありませんでした。

何だか狐につままれたようで、「あの話は何だったのだろう」と時折考えながら数か月が過ぎ、ある時突然、電球がパッと光るように閃《ひらめ》いたのです。「そういえば、私の友人にウェスタン・ケンタッキー大学で写真を教えている人がいるではないか」と。彼、ジャック・コーンは、この辺りではかなり名の知れた写真家で、何十年も大学教授として写真のノウハウを教えてきた大家です。「この友人に聞けば何かわかるかもしれない」と、早速連絡を取り、一体大学の誰がジョーの写真展に興味をもったのかを、探り出してもらいました。

二週間ほどたった頃、ジャックから連絡がありましたが、「そのような人物は見当たらない」という返事でした。私は、「いくら有名な大学でも、専攻を絞って調べればすぐに探し当てられるだろう」と思っていたので、彼の返事にがっかりし、また一からやり直しだと気落ちしたのですが、その後のジャックの話によると、何人かいる教授のうちの一人が彼の教え子で、詳しい話を聞きたがっているというのです。もうこの時点で私は、探していた人物が誰なのかということなどすっかり忘れており、「この教授に会って話がしたい」という思いでいっぱいになりました。とりあえずきっかけはでき、慎重にではありますが話を進められることに

ウェスタン・ケンタッキー大学での写真展オープニング（2015 年）
戦後 70 年となる 2015 年夏、初めてテネシー州以外の州での写真展が実現した。オープニングで挨拶を述べる著者。写真展は 3 か月もの間大々的に開催され、多くの人が訪れた。

喜びを隠しきれず、早速展示用写真のセットを寄贈してあったテネシー博物館と連絡を取ってミーティングの日取りを決め、ほっと一息つきながら一連の話の展開の不思議を思い返していました。あたふたとしながら、「ああでもない、こうでもない」と試行錯誤したあとで自分の歩んだ道を振り返ると、そこには必ずはっきりとした道しるべが存在しているのです。ただ、私の足跡がその道しるべの脇を右に左にジグザグと残されていて、「もっと落ち着いて歩けばいいものを」と、毎回信仰を見失いがちな歩みに苦笑するのが常なのです。

1　註

大きなショックによって虚脱状態などに陥った人が日常を取り戻すまでの時間。

ジョー・オダネル（1990年）
自身が撮影した写真をバックに。

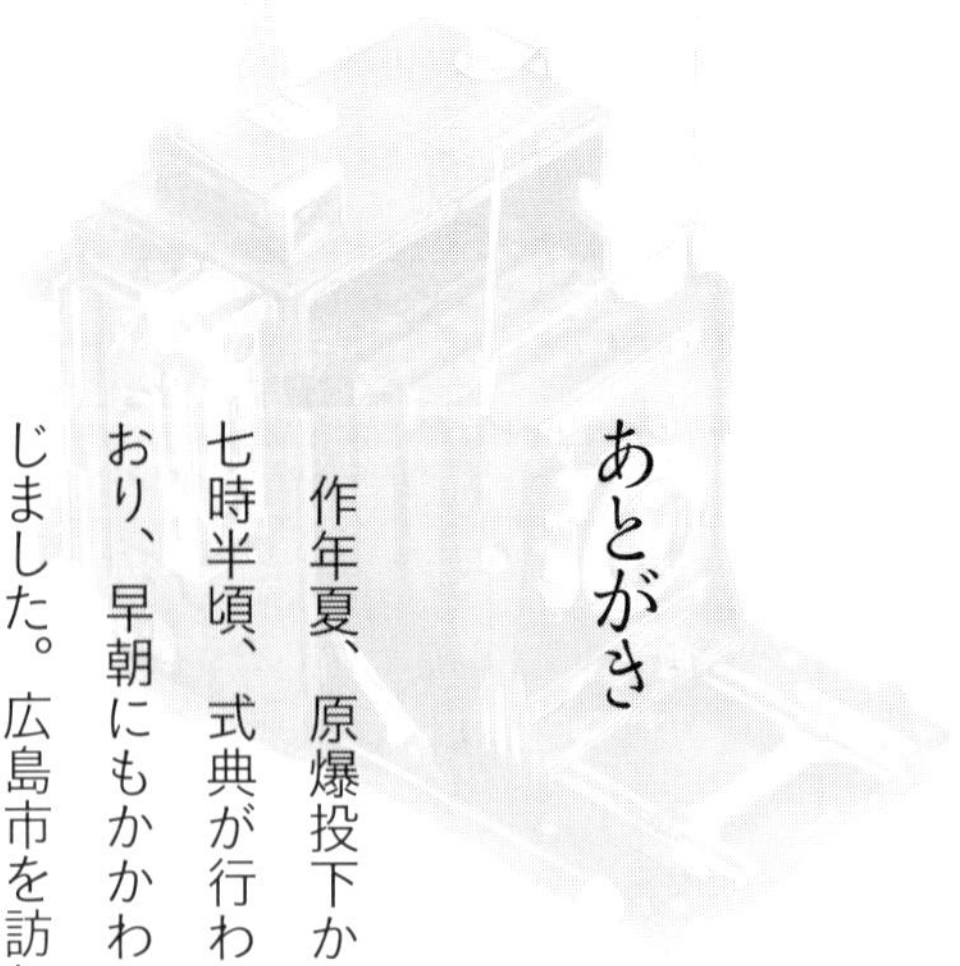

あとがき

作年夏、原爆投下から七十一年めを迎えた広島の平和記念式典に参加してきました。朝の七時半頃、式典が行われる平和記念公園に着くと、すでに多くの参列者の方々が席についており、早朝にもかかわらず、当時を思わせる真夏のじりじりと焼けつくような暑さを肌に感じました。広島市を訪れたのはこれで二度めですが、式典に加えていただいたのは初めてで、荘厳な、精神が研ぎ澄まされるような感覚を覚えずにはいられませんでした。今立っているこの場所で、人類最初の原子爆弾が投下され、数えきれないほどの尊い命が一瞬にして奪われたという事実は、私の想像をはるかに超える残虐な人的行為であり、共感できる類の出来事ではないように思います。それでも、その場所に立ちそれぞれの方々の霊を弔うことは、私たち今を生きるものとしてなすべきことなのではないでしょうか。忘れてはいけないと思うのです。伝え続けなければいけない出来事なのです。

ジョーとの出会いからすでに二十数年がたち、さまざまな出来事に思いをはせるとき、時間は必ずしも同じスピードで流れているのではないと感じます。彼と過ごした十四年という月日は、最初からかなりのスピードで始まり、徐々に加速しながら最後まで走り切ったような、そしてそれは平たんではなく、ローラーコースターのように縦に横に揺れ続け、彼一人がそのままのスピードで昇天したように思います。その直後の一人残された私といえば、いきなり糸がぷっつり切れたたこのように当てもなく宙を漂っている感じで、そこで時間が止まってしまったかのようでした。今振り返ってみれば、そのような魂の抜けた状態でいることも、次のステップを踏み出すためには必要な時間であったと認識できるのですが、当時は一歩も前に進めずにいる自分に苛立ちや焦りを感じることも多かったように思います。やはり、時の流れ、人との出会い、そしてさまざまな出来事に遭遇することも、自分の力や思いでどうにかなるものではないのです。祈りながら待つ、そして時が与えられたときに即座に行動することが大切なのでしょう。

核兵器は、なくなるどころか年々増え続け、私たちの日々の生活を脅かしています。核兵器廃絶のために懸命に働いておられる多くの方々の思いとは裏腹に、世界は核兵器を保持することによって平和のバランスを保とうとしています。それはまるで危うい綱渡りのように私には思えるのです。きっかけさえあれば簡単に崩れてしまう、かなりの危険性をもった状況のただ中に私たちは生きています。それに加え、近年のテロリストによる世界各地での破壊行為が珍しくもないニュースとして伝えられている現状を考え合わせるとき、二度と繰り返してはならない過去の出来事が、またそれ以上の惨事が、私たちの身に降りかかってくるのではないかと考えざるを得ません。国同士の権力争いに巻き込まれて傷つくのは、いつの時代も弱い立場にいる市民、父や母、老人、子どもたちです。人間の尊厳を根底から奪う戦争、体を根本から破壊してしまう核兵器の使用を避けるために、今私たちができることは何なのでしょうか。自分ひとりの力ではどうしようもないと諦めるべきなのでしょうか。果たして本当に私たちは非力な存在なのでしょうか。たとえ小さな存在だとしても、何かを始めるときに時は動き出します。小さな小石を池に投げ入れたときに波紋が生じるように、たった一人の行動であっても、それは周りの人々に波紋を投げかけます。ですから、私も自分なりに活動を続けていくつもりです。ジョーが投げ入れた小石の波紋が私を突き動かしているのですから。

二〇一七年　七月

坂井　貴美子

ジョー・オダネル *Joe O'donnell*
1922年、米ペンシルベニア州ジョーンズタウンに生まれる。1941年、米軍の海兵隊に志願。現像・撮影の訓練を受け1945年、占領軍のカメラマンとして来日。広島、長崎をはじめ各地の空襲による被災状況を記録。1946年、帰国後除隊。1949年、アメリカ情報局に籍を置き、ホワイトハウス付きのカメラマンとして勤務。4代の大統領に仕える。1968年退職。1989年、「Once」との出合いにより、反戦・反核の活動を展開していくことを決意。日米はじめ世界中で写真展・講演会を開催する。2007年8月9日、85歳で死去。

坂井貴美子 *Kimiko Sakai*
1960年、福島県会津若松市生まれ。1993年、若松栄町教会で開催された写真展でジョー・オダネルと出会う。1995年に渡米し、1997年にジョーと結婚。2007年に死別。現在は芸術の世界で仕事をしつつ、夫の遺志を継いで各地で写真展を開催している。

神様のファインダー——元米従軍カメラマンの遺産

2017年　8月　9日 発行
2018年　5月25日 5刷

編　　著　坂井貴美子
写　　真　ジョー・オダネル
印刷製本　シナノ印刷株式会社
発　　行　いのちのことば社フォレストブックス
〒164-0001 東京都中野区中野 2-1-5
編集　Tel.03-5341-6924　Fax.03-5341-6932
営業　Tel.03-5341-6920　Fax.03-5341-6921
e-mail support@wlpm.or.jp

ISBN　978-4-264-03387-5